BBULMEDIA

http://www.bbulmedia.com

BBULMEDIA

http://www.bbulmedia.com

귀환! 진유청!

귀환! 진유청!
6
성장!
로토 신무협 장편 소설
미디어

목차

第一章

진가장으로!

"자야 하는데, 이게 뭔 짓이냐……. 에구구구."

내일 아침엔 일찍 일어나 진가장으로 떠날 준비를 해야 하는데, 영 잠이 오지 않고 마음이 뒤숭숭하여 바람이나 쐴까 하고 나왔더니만, 오히려 정신만 말똥말똥해진다.

진유청이 멍하니 고개를 뒤로 젖힌 채 하늘을 올려다 보니 밝은 별이 가득 박혀 있다.

은은한 빛으로 스스로의 존재를 드러내는 별이 꼭 자신이 아는 누군가와 같았다.

저 별은 능구렁이가 다 된 아버지 별. 그 옆에는 가출한 동생 때문에 화딱지 나서 자기도 가출해 버린, 은근히 막 나가는 이현 형님 별.

그럼 내 별은 어디에 있을까?

아무리 찾아봐도 어떤 건 너무 밝고, 또 어떤 건 너무 크다. 그런 별들은 자신처럼 있는 듯 없는 듯 조용히 행복하게 살고 싶은 사람과는 별로 어울리지 않아 보였다.

"쳇!"

진유청이 입을 삐죽 내밀다가 뭔가를 발견한다.

아버지 별과 형님 별 사이에 위치한, 아주 조그맣지만 그럭저럭 빤짝거리는 별 하나.

"저거네, 저거! 넌 내 꺼다!"

완전 딱이다.

가장 크고 환한 두 개의 별 사이에 위치해 있어, 안 그래도 눈에 잘 띄지 않는 별이 더 초라해 보이고 어둡지만, 그게 또 진유청의 구미엔 잘 맞아떨어지는 모양.

"뭐가 유청이 네 건데?"

갑자기 뒤에서 들려온 목소리에도 진유청은 놀라지 않았다.

이미 방문을 열고 나서는 나채환의 기척을 눈치채고 있었기 때문이다.

"저기 저 별이 내 거라고."

진유청이 검지로 방금 전 점찍은 자신의 별을 가리키며 대답했다.

나채환은 한참이나 하늘을 훑다가 겨우 진유청이 지적한

별을 발견할 수 있었다.

"……꼭 집어 저 별이어야 할 필요가 있나? 다른 별도 많은데 말이다."

"좋은 거일수록 사람들이 탐내고, 손가락질하잖아. 별은 하난데, 사람들은 저마다 그게 자신만의 별이라 생각하며 이름을 붙일 테니까, 불리는 호칭도 수두룩할걸? 하지만 내 별은 다르다고. 쟤는 나만 보고 나만 가리키며 불러 줄 거니까, 온전히 내 별이다!"

에헴!

진유청이 어깨를 으쓱거리자 나채환이 혀를 찼다.

자신이 보기엔 누구보다 밝게 빛나는 녀석이 항상 구석진 자리만 차지하려 드는 게 의아한 거다.

게다가 그런 사실에 묘하게 뿌듯해하며 잘난 척까지 하는 걸 보면 참…….

"이상한 녀석."

나채환이 고개를 설레설레 저으며 진유청 옆에 털썩 주저앉는다.

둘 사이에 더 이상 대화가 이어지진 않았다.

양팔을 뒤로하여 상체를 지지하고 있던 나채환이 손에 힘을 빼고는 등을 바닥에 눕힌다.

"경찬이 너도 잠이 안 오면, 뒤에서 기웃거리지 말고 이리 와."

진유청이 자신의 옆자리로 손을 뻗어 바닥을 탕탕 쳐 준다.

"찬 데 오래 있으면 입 돌아가."

이경찬이 방 안쪽에서 문만 조금 연 채 고개를 빼죽 내밀며 말하자, 진유청이 콧방귀를 뀐다.

"헹! 하여간 머리에 든 거 많은 놈은 따지는 것도 많다니까."

그래 봤자 그 누구더라, 대학사 나리 아들내미라는 윤경이보다 무식하면서!

"다 들려, 대장."

이경찬이 이를 빠득 갈며 방에서 걸어 나왔다.

"헛, 다 들렸어?"

진유청 딴엔 윤경이에 대한 얘기는 혼잣말을 중얼거린다고 중얼거린 건데, 생각보다 목소리가 컸었나 보다.

"응. 너무 잘 들려서 난 또 나 들으라고 한 얘긴지 알았지."

진유청 옆으로 다가와 어깨를 나란히 하고 바닥에 앉은 이경찬이 그를 쌜쭉 쏘아봤다.

"꼭 그런 건 아닌데……. 뭐, 거짓말은 아니잖아?"

진유청이 너무 당당하니, 쪼잔하게 이런 걸 마음에 담아두지 말자고 혼자서 다독였던 속이 다시 뒤집혔다.

대장은 머리통이 커서, 아무 데나 때려도 헛손질하지 않을 수 있을 것 같은데…….

이경찬이 눈동자를 요리조리 굴리며 고심하지만, 이내 입맛을 다시며 포기한다.

내일 가면 또 한참이나 못 볼 텐데 싫은 마음도 없는 건 아니지만, 그것보다는 대장을 잘못 건드렸다간 본전도 못 찾을 거란 걸 너무 잘 아는 탓이다.

오늘이 대장이 이가장에서 보내는 마지막 밤이니, 셋이 같이 보내자며 베개에 이불을 들고 찾아왔던 이경찬 자신을 탓하는 수밖에.

나란히 앉은 세 아이들은 별로 할 말이 없었는지 발꿈치로 바닥을 비벼 작은 고랑을 내거나 애꿎은 잡초를 손으로 쓸고 괴롭힌다.

먼저 침묵을 깬 건 의외로 나채환이었다.

"유청이 너랑 같이 안 가겠다고 한 거, 네가 싫거나 진가장이 불편해서 그러는 건 아니다."

"알아."

"어른이기에 싫어도 해야만 하는 일이 있는 거라고 자식에게 변명하는 아버지만큼은 되고 싶지 않다."

나채환의 아픔이 녹아 있는 말이다.

진유청은 이미 알고 있었지만 조용히 녀석의 슬픔에 귀 기울인다.

"나…… 좋은 어른이 될 거다."

나채환이 스스로에게 다짐하듯 나직하게 중얼거렸다.

"그래. 경찬이 아버님께서 분명 그렇게 될 수 있도록 가르쳐 주실 거야. 잘 배워야 해."

"응! 허락도 받았으니 열심히 배워야지!"

흰 이를 드러내며 웃는 나채환의 모습이 보기 좋다.

나채환은 이청강에게서 자신이 원하는 어른의 상을 본 거다. 그리고 그 사실이 녀석에게 앞으로 나아갈 목표를 갖게 했다.

아주 바람직한 일이었기에 진유청은 진심으로 축하해 줬다.

이경찬은 자신의 아버지에 대한 얘기가 나오자 쉬이 끼어들지 못하고 얼굴만 붉힌다.

친구들에게까지 존경받는 자신의 아버지가 자랑스럽기도 하고, 스스로가 그런 아버지에게 부끄럽지 않은 아들인지 자신이 없었기 때문이다.

나도 노력해야지, 그리고 채환이에게 지지 않을 만큼 좋은 어른이 될 거다.

나채환과 이경찬이 얼굴을 마주하고 눈을 빛내자, 진유청으로선 왠지 조금 섭섭해진다.

자신의 아버지도 최곤데, 애들이 그걸 몰라보는 거 같았던 것이다.

나이 좀만 더 들어 봐라. 점잖고 멋진 아버지보다, 능구렁이 같아서 슬쩍슬쩍 자식 마음을 이해해 주는 우리 아버지 같은 사람이 더 좋다는 걸 알게 될 거다.

그래도 굳이 심술을 부리지 않는 건, 자신의 작은 서운함이 나채환에겐 큰 상처가 될 수 있으니까 그러는 것이다.

"아아, 그럼 저 별은 앞으로 좋은 어른이 될 채환이에게 줄까?"

진유청이 가리킨 별은 수많은 별들 중에도 유독 눈에 띄는 별이다.

제 아버지나 형의 별로 정한 두 개의 별만큼은 아니지만, 그래도 제법 크고 밝았다.

"저런 별은 사람들이 탐내고 가리켜 마구 이름을 붙인다며."

넌 싫다며 난 하란 거냐?

어이가 없었던 나채환이 하는 말에 진유청이 검지를 세워 좌우로 흔든다.

"못 그러게 하면 되지."

"어떻게? 별에 내 이름이라도 써 붙여?"

"응. 쟁취해라. 저 별이 네 별이라고 외치고, 누가 저 별을 보더라도 네가 먼저 생각나도록 해. 그러면 저 별은 네 별이 된다."

진유청의 눈이 너무 진지했기에, 나채환은 툭 뱉어 내려던 핀잔을 목구멍으로 삼킨다.

진심으로 하는 소린가? 투쟁해서 저 별을 쟁취하라고?

"그냥 좋은 어른 말고, 멋진 어른이 되는 거다. 나이 먹으면 다 자기 별 하나씩은 갖고 그러는 거잖아, 안 그래?"

사실 나이 먹으면 어렸을 때 손끝으로 가리키며 가슴에 품었던 별을 잊어버리고 땅만 바라보게 되지만, 진유청은 일부러 반대로 말했다.

진유청은 자신이 없어도 친구들이 하늘의 별을 보며 오늘의 이야기를 잊지 않길 바랐다.

과거에 자신은 그러지 못했지만, 너희는 그래라.

그러라고 나는 듣지 못했던 얘기를, 들었으면 좋았을 얘기를 해 주고 있으니까.

"그럼 내 별은?"

이경찬이 흥미를 보인다.

"넌 저거 해."

진유청은 하늘에 별이 다 자기 꺼마냥 선심을 팍팍 썼다.

돈 드는 거 아닌데 어떠랴.

저 별도, 저 하늘도 너희들이 다 가져라.

진유청이 환히 웃었다.

아이들은 그 뒤로도 한참이나 이런저런 이야기를 나누다가 엉덩이가 배겨 아파질쯤에야 방으로 들어갔다.

"우우…… 졸려라……"

진유청이 손등으로 두 눈을 비비며 중얼거리자 진호철이 머리를 쥐어박는다.

"욘석아. 그러게 일찍 자지. 밤늦게까지 애들 데리고 그 찬 바닥에 앉아 있으면 어째!"

생각해 보니 자신들이 방 밖 공터에 나와 놀던 기척을 근처 숙소에서 주무셨던 아버지가 모르셨을 리가 없군 싶다.

"조금만 있다 들어가려고 했는데, 경찬이가 제가 골라 놓은 별들을 선으로 이으면 무슨 문양이 나온다고 자꾸 그래서……. 그거 해 보느라고 더 늦어졌어요."

하품을 쩍쩍 해 가며 웅얼거리는 말이 당최 무슨 소린지 알아듣기가 어려웠던 진호철이 다시 '콩!' 하고 막내아들의 머리를 쥐어박으려는데…….

"벌써 가시려고요?"

이청강이 다가오는 바람에 슬며시 손을 제자리로 내려놓는다.

"네, 이제 떠나야지요. 먼 길을 가야 하니 서두르는 게 좋을 것 같아서 말입니다."

어른들 사이에서 인사가 오고 가자 진유청은 친구들에게 다가갔다.

진유청이 이경찬에게 귓속말을 소곤거린다.

고개를 돌리다 아이들의 모습을 보게 된 이청강의 눈에 이채가 서린다.

"그럼 다음에 또 뵙지요. 인근을 지나실 일이 있으면 꼭 한번 하남에 들르십시오. 좋은 술친구가 멀리 있어 섭섭하다는 이들이 한둘이 아닙니다."

"알겠습니다. 다른 분들께도 안부 전해 주십시오."

이청강의 인사를 마지막으로 단리종과 진호철, 그리고 진유청이 이가장 정문을 나선다.

진유청은 아버지의 손을 잡고 걸어가며 몇 번이나 뒤를 돌아보았고, 친구들은 그가 멀어져 보이지 않을 때까지 손을 흔들었다.

지금 헤어지면 언제 또 보게 될까?

그 틈에 걸쳐진 시간이 너무 길지 않기만을 바랄 뿐.

"유청이가 뭐라 하더냐."

이청강이 아들에게 물었다.

진유청에 대해 알면 알수록 궁금한 게 더 많아지는 기이한 상황에 당면한 이청강으로선 그 아이에 관한 건 작은 것 하나라도 허투루 지나칠 수가 없었다.

"아, 그게……"

이경찬이 당황하며 쉽게 입을 열지 않지만, 이청강은 재촉하지 않았다. 얘기할 수 있는 거라면 할 테고, 그렇지 않다면 후에 알게 될 날이 올 때까지 기다리면 될 거라 여기는 거다.

이경찬이 그런 아버지를 빤히 올려다보다 그의 소매를 잡아당겼다.

다행히 이야기를 해도 괜찮은 내용이었나 보다.

이청강이 허리를 굽혀 이경찬과 눈을 맞췄다.

이경찬이 까치발을 하여 제 아버지의 귀에 입을 갖다 대고 작게 속삭인다.

“황궁에 암운이 드리울 거라고, 태자 전하를 잘 지켜 드리려면 미리미리 준비를 해야 한다고 했어요. 일전에 언급했던 이름들엔 비밀이 숨어 있다며…….”

아들의 말이 이어질수록 이청강의 미간에 잡힌 주름이 짙어진다.

하나하나가 남이 들으면 큰일 날 소리다.

황궁에 관한 것도 그렇지만, 일전에 언급했던 이름들이라면 서경왕 전하와 그의 양자인 이원형이란 아이가 아니었나.

아, 한 명 덧붙이자면 폐하께서 총애하시는 의제인 연이상단주에 관한 것도 있었군.

이청강의 눈에 수심이 깃든다.

유청이는 이 얘기를 경찬이에게 한 것일까, 아니면 경찬이의 입을 빌려 자신에게 전하려 한 것일까.

아버지의 낯빛이 어두워지자 그 의미를 모를 리 없는 똑똑한 이경찬이 아버지의 손가락 하나를 제 손에 꼭 쥐고 입을 연다.

“어젯밤에 유청이가 저와 채환이에게 별을 주었어요, 아버님.”

“호오, 그랬느냐?”

역시 아이는 아이인 듯, 하늘의 별을 제 녀석들 것마냥 주고받는구나 싶어 이청강이 피식 웃는다.

아버지의 표정이 나아지자 신이 났는지 이경찬이 크게 고개를 끄덕였다.

“채환이와 저는 멋진 어른이 돼서 그 별에 우리 이름을 쓸 거예요. 세상 사람들 가운데 누가 그 별을 봐도 우리 별인지 알 수 있게요!”

세상 그 어떤 별보다 밝고 빛나는 무언가가 아들의 눈동자에 가득 깃들어 있었다.

이거 하나만으로도 이청강은 진유청에게 큰 빚을 진 기분이 됐다.

함께 있으면 꿈을 꿀 수 있게 하고, 성장하여 자랄 수 있게 해 주는 친구는 세상에 흔하지 않다.

그리고 이렇게 잘 자라 아비를 뿌듯하고 기쁘게 해 주는 아들을 두기도 쉽진 않겠지.

이청강이 한 손으로 아들을 품으로 끌어당기고, 다른 한 손을 뻗어 나채환의 어깨를 짚는다.

“내가 지켜 주마. 너희들이 그렇게 자랄 수 있도록.”

평소 무뚝뚝한 이청강이 이만큼 감정 표현을 선명하게 하는 일은 드물다.

그래서 이경찬은 아버지가 지금 상당히 동요하고 있다는 걸 느낄 수 있었다.

이경찬은 양팔을 벌려 아버지의 허리를 꼭 끌어안고 배에 얼굴을 비볐다.

자신의 온기가 아버지에게 전해질 수 있게.

"유청이 넌 아까 경찬이에게 뭐라 한 게냐?"

아버지가 묻는 말에 진유청이 어깨를 으쓱거린다.

"별말 안 했어요."

묻지 말라는 얘길 넌지시 돌려 하는 진유청이 미심쩍지만, 제 녀석이 입을 꾹 다물겠다면 억지로 열 도리가 없는 녀석인 걸 알기에 순순히 포기한다.

대신 진호철은 짓궂은 눈으로 아들을 바라보며 말했다.

"가면 널 기다리는 사람이 참 많을 텐데……. 개방의 홍개 어르신이나 무당의 청운자 어르신, 소림의 목영 선사님 외에도 동심회의 분들 대부분이 진가장에 계실 거다."

꿀밤 한 대씩만 맞아도 머리에 혹이 수십 개일걸?

"허억, 아버지!"

생각보다 많은 수가 진가장에 있단 얘기에 진유청이 기겁하자, 진호철은 기분이 좋았다.

하지만…….

"그 밥값은 누가 다 대고요! 차라리 제가 진가장에 간 다음에 저를 데리고 동네를 한 바퀴 도시지 그러셨어요!"

진유청이 놀란 이유는 따로 있었던 거다.

"흠, 흠. 우리 진가장이 그렇게 못사는 집안은 아니다. 한데 넌 왜 만날 그렇게 밥값 걱정을 하느냐."

무림엔 돈보다 더 중요한 게 많은데, 그중 손꼽히는 게 바로 인맥이 아닌가.

아들이 어린 나이부터 진가장의 앞날을 걱정하며 전전긍긍하더니 너무 셈에만 집착하는 게 아닌가 싶어 진호철이 걱정을 한다.

진유청은 별일 아니라는 듯 대답했다.

"밥값이 아닌 건, 아버님과 형님께서 채워 주실 테니 그런 거죠."

사람들을 상대하여 정을 주고, 잘해 주는 건, 자신 외에 두 사람으로도 충분하다는 뜻이다.

"……그런 거냐?"

"네, 확실히 그런 겁니다."

진유청이 눈을 크게 뜨고 순진한 척 깜빡거리자 진호철이 말을 잃는다.

"유청이가 그렇다면 그런 거겠지. 고민하지 말게나, 진장주."

단리종까지 유청이 편을 드니 진호철이 백기를 들었다.

사실 단리종은 머릿속이 다른 생각으로 꽉 차 있어서 진호철의 얘기에 진지하게 동참하기가 어려웠던 차다.

"그나저나 유청아. 넌 우리 혜아 얘기가 궁금하지 않느냐? 부끄러워도 그렇지, 뭘 그리 참고 그러느냐."

단리종이 은근한 어조로 말을 꺼낸다.

"혜아요? 자, 잘 지내죠?"

진유청이 어색하게 머릴 긁적이며 딴청을 피운다.

"네 가출 이후 혜아가 보였던 반응으로 보건대……. 돌아가면 네 형 다음으로 조심해야 할 사람이 바로 혜아일 거다."

진호철이 기회라는 듯 막내아들을 놀려 먹는다.

헉! 그 여우 꼬랑지가 왜 내 가출에 그렇게 관심을 가졌다는 거지?

진유청이 의아해하면서 내심 머릿속이 복잡해졌다.

혹시 이현 형님이 진유청 자신을 찾겠다고 진가장을 나간 거 때문이려나?

진유청의 표정이 묘하게 일그러지자 단리종이 진호철을 향해 눈을 흘긴다.

벌써 얘기하지 않아도 될 걸 미리 하는 바람에 자신의 의도완 상관없이 마차 안이 썰렁해지지 않았나.

혜아에 관한 이야기로 화기애애한 시간을 가지려 했건만.

단리종이 주책바가지 늙은이보다, 아들내미 혼삿길에 자꾸 초를 치는 눈치 없는 아버지가 더 나쁜 법이라며 속으로 혀를 찬다.

안에서 어떤 일이 일어나건 간에 마차 바퀴는 쉴 새 없이 굴러가 진가장으로 가는 거리를 조금씩 좁혀 나갔다.

진유청 일행이 북경에서 하남으로 향하고 있을 때, 다른 곳에서도 진가장을 목적지로 삼아 이동하는 일행이 있었다.

"아, 진짜 저 얼음덩이를 어쩌면 좋나?"

오자경이 앞서 걸어가는 진이현의 등짝을 노려보며 중얼거린다.

모용운지와 함께 가는 길이 마음에 들지 않을 수는 있다쳐도, 저렇게 싫은 티를 팍팍 내 가며 주위 사람들까지 긴장하게 만드는 건 좀…….

"죄송해요, 저 때문에."

모용운지가 오자경의 혼잣말을 들었는지 걸음을 늦추며 작게 고개를 숙인다.

"아닙니다. 이게 왜 모용 소저 때문이겠습니까, 다 이현이 녀석의 성질이 더러운 탓이지요."

오자경이 정중하게, 그러나 같은 길을 걷고 있는 동행이라고 하기엔 어느 정도 선을 긋는 어투로 대답했다.

그로 인해 모용운지의 걸음걸이가 조금 더 늦어진다.

갈수록 자신이 괜히 이 일행에 끼어들었다는 생각이 강해지는 거다.

“야, 야!”

옆에서 지켜보던 눈치 빠른 곰, 장웅이 오자경의 옆구리를 팔꿈치로 쿡 찍었다.

장웅이 보기엔 이현이는 지금 모용 소저에 대한 스스로의 마음에 대해 인식하지 못하고 있는 것 같은데, 굳이 오자경까지 나서서 둘 사이에 흐르는 긴장감에 찬바람을 불어넣을 필요는 없지 않을까?

“넌 속도 좋다, 이 미련 곰탱아. 우리가 남궁씨 때문에 죽다 살 뻔했던 건 벌써 잊었지?”

오자경이 장웅의 귀를 오른손으로 잡아당겨 자신 쪽으로 기울이게 한 뒤 쏘아붙인다.

……난 속이 좋고, 넌 참 눈치가 없어 좋겠구나.

이러다 모용 소저와 이현이 사이가 더 나빠져 돌이킬 수 없게 된 이후에, 이현이 저 녀석이 제 마음을 깨달으면 어쩌려고 그러누.

그땐 자신들이 모용 소저에게 아무리 잘해 주고 부탁해도 통하지 않을 거다.

아직 시작도 못한 두 남녀 사이를 굳이 친구들이 억지로 이어 주겠다며 설레발을 치는 것도 꼴불견으로 좋을 게 없겠지만, 지금처럼 과하게 썰렁해져서 될 것도 안 될 정도라면 이 또한 문제다.

"그럼 사란 누님께 술은 왜 그리 푸지게 얻어 마신 건데? 모용 소저를 잘 부탁한다고 누님이 그렇게 잘해 주셨는데."

장웅의 구박에 오자경이 고개를 끄덕인다.

"사란 누님이 정말 잘해 주시긴 했지. 그러니 누님 얼굴을 생각해서 별말도 안 하고 신경질도 안 부리고 잘 가고 있잖아!"

그랬다.

화사한 분위기의 고운 얼굴과는 다르게 입에서 쌍욕이 떨어질 날이 없는 오자경이 모용 소저가 합류한 이후론 욕도 덜 하고 짜증도 덜 부렸다.

그 정도면 제법 신경 쓰고 있다고 해 줘야 하나?

과한 정중함이 어색함을 불러일으켜 공기를 무겁게 하는 걸 보면, 차라리 베풀지 않는 게 나은 친절인 거 같긴 하지만…….

"너랑 이현이 때문에 내가 늙는다, 늙어."

장웅이 가슴을 제 손으로 쿵쿵 내리쳤다.

굳이 따지자면 살갑게 먼저 다가오지 못하는 모용운지의 탓도 없다곤 할 수 없으니, 어느 한쪽만 잘못하고 있다 할 수도 없는 노릇이다.

아직 진가장까지 가려면 한참이나 남았는데, 자신이 이

갑갑한 일행을 데리고 어찌 처신을 해야 하나 싶은 것이…….

그래, 눈치 빠른 게 죄다, 죄.

그냥 생겨 먹은 거처럼 둔하기나 했으면 자신도 모르는 척 나만 편하게 생각했을 텐데, 그게 안 되니 어쩔 수 있나.

"왜 이럴 땐 만날 나타나는 놈들도 안 나타나지?"

원래 갑작스레 친해지기에 제일 좋은 방법은 같이 꼭지 돌아가게 술을 마시거나, 아니면 공동의 적을 맞이해 힘을 합쳐 싸우는 거 아니겠는가?

장웅의 말이 끝나기가 무섭게 일행이 걷던 길 맞은편 쪽에서 인기척이 느껴진다.

퍼억!

오자경이 장웅의 뒤통수를 후려치며 인상을 썼다.

"이 곰 새끼야, 이제 점쟁이로 나서기로 했냐?"

왜 쓸데없이 주둥이를 나불거려서 안 맞아도 될 매를 버는 거냐며 눈을 부라리는 오자경이 야속하다.

아직도 얼얼한 뒤통수를 왼손으로 쓰다듬으며 장웅이 콧구멍을 씰룩인다.

순한 곰도 가끔은 화낸다. 원래 곰은 포악한 동물인 것이다.

장웅이 주먹을 제 배꼽 위로 서서히 치켜들자 오자경이

자기보다 한 뼘은 높은 곳에 있는 그의 얼굴을 빤히 올려다 본다.

"왜? 때리게? 내가 틀린 말 했어?"

쉴 새 없이 이죽거리는 오자경도 옆구리에 차고 있는 검을 향해 손을 뻗는 모양새가 아무래도…….

이러다 맞은편에서 자신들을 향해 다가오는 이들이 누구인지 확인하기도 전에 둘이 싸움이 붙게 생겼다.

앞서 걷던 진이현이 힐끔 시선을 돌려 친구들에게 주의를 준 뒤 다시 전면을 향하지만, 별로 소용이 없었다.

둘 사이의 으르렁댐은 멈추지 않고, 진이현 혼자 적들을 향해 나아가자, 모용운지가 걱정스레 그의 뒷모습을 바라보다 결국 검을 뽑아 들고 따라간다.

"어…… 어? 모용 소저……!"

장웅이 모용운지를 말리려 오자경에게서 시선을 돌리는 순간.

퍽!

오자경이 날린 발차기에 옆구리를 가격당했다.

"자경이, 너 정말 이러기냐?"

너무했다 싶어 옆구리를 부여잡은 채 장웅이 진짜 화를 내려 들자 오자경이 혀를 찼다.

"모용세가의 금지옥엽이라 해서 험한 일이라곤 해 본 적 없는 구중궁궐 공주님을 떠올리는 거냐? 모용 소저가 마음먹고 제대로 검을 휘두르면, 아무리 우리라도 그녀를 꺾기가 쉽지 않을 거다."

게다가 그녀가 보통 여자인가? 그녀의 출신 자체가 거대 명문 세가이다 보니, 애초에 평범한 여인이라 보기 힘들지만, 그래도 여타 다른 세가의 여식들과 비교해도 남다른 점이 많았다.

무엇보다 아버지가 정해 준 혼처가 싫다며 정략혼을 피해 집을 나와 기루인 청아루에 몸을 숨긴 걸 봐라.

저 예쁜 얼굴과 가냘픈 몸엔 사내 못지않은 배짱과 결단력이 숨어 있는 것이다.

"그럴까? 근데 아무리 그래도……."

장웅도 그녀가 무공을 익혔다는 건 알지만, 그래도 여자는 보호해 줘야 할 대상이니 함께 전투를 치러도 안전한 곳에 서 있게 하고 싶은 마음을 버리지 못한다.

"곰탱아. 넌 세상에서 너만 눈치 있는지 알지?"

오자경이 혀를 찬다.

"어? 자경이 너! 너도 알았던 거야?"

장웅이 놀라 되묻는다.

"내가 다른 건 몰라도 여자들에 관한 건 뭐든 빠르지 않냐."

턱 끝을 치켜들고 오만하게 눈을 내리까는 오자경은 참 재수가 없었다.

세상은 다 같이 사는 거지, 자경이 너는 여자들과만 살 거냐? 응?

가끔은 친구인 내 생각도 좀 해 주고 그래라, 응?

"그러면 대체 다 알면서 지금까진 왜 그런 거야?"

자신 혼자 분위기 좀 풀어 보겠다고 이리 뒹굴 저리 뒹굴 재롱을 부리게 만들고 말이다.

"뭐, 난 모용 소저가 딱히 마음에 든 건 아니라서. 다만 어차피 결정은 마지막에 이현이가 해야 하는 거니, 그냥 뒤로 물러나 있었던 것뿐이야."

"그럼 방금 전엔?"

왜 그렇게 생각하다 갑자기 변덕을 부려 마음을 바꿨냐고 묻는 거다.

"……너 혼자 애쓰는 걸 보고 있으니 내가 너무한가 싶기도 하고, 저 얼음덩이에게 기회를 줘야 하지 않을까 하는 생각이 들더라. 안 그랬다간 저 녀석 끝까지 묻어 두기만 할 것 같더라고."

별로 신경 안 쓰는 듯 보였던 자경이도 이현이가 걱정되긴 했나 보다.

좋다. 그거야 친구끼리 충분히 할 수 있는 일이니 오히려 훈훈하다. 한데…….

"그럼 내 뒤통수는 왜 그렇게 있는 힘껏 아프게 때린 거냐?"

꼭 필요한 동작이었다면 살살 때리는 척만 했어도 눈치 빠른 자신이 대충 짐작하여 상황에 맞춰 행동했을 것을!

"많이 아팠어?"

오자경이 아무렇지도 않은 얼굴로 되묻자 장웅의 얼굴이 구겨진다.

그걸 말이라고 하는 거냐? 이……!

하나 그를 더 경악시킬 말은 다음으로 이어졌다.

"별로 탐탁지 않은 상대와 친구 녀석 사이의 연애 관계에 끼어들어 다리까지 놔줄라니 짜증이 울컥 나서 나도 모르게 손에 힘이 더 들어갔나 봐."

그러니까 괜찮지? 이렇게 사과도 하는데, 괜찮겠지?

오자경이 장웅의 등을 토닥이며 화해의 신호를 보내더니, 제 맘대로 스스로를 용서해 준다.

물론 장웅의 의지와는 전혀 상관없이 말이다.

장웅이 으득 어금니를 깨물며 반쯤 추켜올렸던 주먹을 완전히 들어 올리는데, 멀리서 병장기 부딪치는 소리가 들린다.

채앵, 챙!

둘이 얘기를 나누는 사이 앞쪽에선 이미 싸움이 벌어진 모양.

바닥을 통해 전해지는 울림과 소란스러움이 적들의 수가 적지 않음을 말해 준다.

"신경 꺼. 가서 도와주는 것보다 밥이 되든 죽이 되든, 흐지부지한 저 둘 사이에 변화가 생기는 게 이현이에겐 나을 거다."

자신이 뭘 하려던 중인지 잠시 까먹은 장웅이 고개를 끄덕인다.

"이왕이면 정이 들어 잘되는 쪽이 좋을 텐데."

진이현이 쉽사리 누군가에게 마음을 주는 이가 아니란 걸 아는 탓이다.

"그런데 너 주먹은 왜 들고 있는 거냐?"

"어엉? 이, 이거는……."

때릴 틈을 놓쳐 버린 탓에 왠지 이제 와 후려치기도 뭔가 찜찜한 것이…….

고민하는 장웅을 향해 갑자기 오자경이 고개를 번쩍 들고 외쳤다.

"곰 새끼야, 우리 큰일 났다!"

왜 그러냐는 듯 장웅이 오자경을 내려다본다.

"모용 소저 때문에 말이야. 우리 이현이 연적이 좀 미친 놈이잖아? 모용 소저의 행방을 아직도 찾고 있다며. 우리들은 조용히 진가장까지 가는 게 목적이었는데, 저렇게 모용 소저를 맨 앞에 세워서 싸움을 시켜도 되는 거냐?"

장웅도 이제야 생각이 났는지 눈을 휘둥그레 뜬다. 그리고 고개를 도리도리 젓더니 눈초리를 아래로 축 늘어트리고 오자경에게 묻는다.

“어쩌지?”

철썩!

오자경이 손바닥으로 장웅의 이마를 내리쳤다.

“어쩌긴 뭘 어째! 얼른 가서 우리가 난장판을 벌여서 모용 소저에 대한 인상을 지워야지. 잘 부탁한다, 니가 미친 곰처럼 좀 날뛰어 봐라.”

다 죽일 게 아니면 그 수밖에 더 있나.

“모용 소저처럼 절세의 미녀를 잊을 만큼 강렬한 인상을 나보고 만들어 내라고?”

“아니면 뒤통수를 후려쳐서 기억을 잃게 만들던지!”

어느 쪽이건 오자경 자신은 상관없었다. 어차피 자신이 할 것도 아니지 않은가.

오자경이 장웅을 향해 넌 할 수 있다는 무한 신뢰의 눈빛을 강하게 쏘아 보낸 다음, 재빠르게 앞으로 내달렸다.

홀로 남은 장웅은 콧김을 씩씩 뿜어내다 어쩔 수 없다는 듯 일단 오자경이 달려간 방향으로 발을 내딛었다.

第二章

집으로 돌아가는 길!

카앙!

모용운지가 적의 검날을 튕겨 냄과 동시에 드러난 허점을 향해 재빠르게 검끝을 꽂아 넣었다.

"허억!"

사내가 헛바람을 들이키며 옆구리에 길게 난 상처에서 흐르는 피를 두 손으로 막으며 뒷걸음질 친다.

하나 모용운지는 자신의 옷자락에까지 길게 튄 핏방울을 전혀 개의치 않고 전진했다.

진이현은 검을 휘두르는 와중에도 그녀에게서 시선을 떼지 못한다.

그녀가 자신의 뒤를 따라옴을 알면서도 제지하지 않은

건, 스스로가 그녀의 일에 관심을 갖고 있음을 부정하기 위해서였다.

무공을 익힌 흔적이 있으니 제 목숨은 지킬 수 있겠지 하고 생각하고 외면한 거다.

한데 그녀의 무공은 예상보다 강했고, 그보다 더 강한 건 실전에 임하는 마음가짐이었다.

여자라고 누군가 지켜 주길 바라며 다른 이의 등 뒤에 숨거나 하지 않았고, 피가 튀었다고 해서 손등으로 얼굴을 닦느라 허점을 내보이지도 않는다.

채앵!

그녀가 적과 검날을 맞댄다.

여인이기에 힘이 약할 거라는 편견은 접어야겠다.

그녀의 검끝에 실려 있는 기운은 흔하게 볼 수 있는 수준의 것이 아니었다.

적의 무공 실력이 일천해 크게 드러나진 않지만, 진이현은 그것을 꿰뚫어 볼 수 있을 정도의 안목을 가지고 있었다.

모용세가에서 오죽 좋은 걸 많이 해 줬겠냐마는, 노력이 없인 저만한 수준에 오르기 어려웠을 거다.

진이현의 눈에 이채가 서렸을 때, 그녀가 손목을 빙글 돌리며 적의 검을 뱀처럼 타고 들어간 뒤 크게 흔든다.

쨍그랑!

깜짝 놀란 상대방이 검을 놓치고 뒤로 물러난다.

"마…… 마…… 마녀다!"

그의 비명 소리가 사방으로 울려 퍼지자, 진이현이 피식 웃는다.

그녀가 고양이처럼 눈을 가늘게 뜨고 사내를 노려봤기 때문이다.

그때 마치 진이현의 소리 없는 웃음을 느낀 것처럼 그녀가 고개를 돌려 그를 바라봤다.

진이현이 자신이 언제 웃었냐는 듯 얼굴을 굳히는데, 그녀가 검을 든 채로 지면을 박차고 진이현을 향해 쇄도했다.

진이현은 놀라지 않았다.

그도 쥐고 있던 검을 높이 치켜들고 그녀가 달려오는 쪽으로 발을 크게 구른다.

"저, 저 녀석들 뭐하는 거야!"

도착하자마자 기겁할 장면을 목격한 오자경이 입을 쩍 벌린다.

그 순간, 진이현과 모용운지의 신형이 서로 어깨를 스치며 겹쳐졌다가 각자 등을 보이며 멀어진다.

그리고 빛이 번뜩였다.

스걱!

"으아아악!"

모용운지는 진이현의 뒤를 노리던 사내의 아랫배를 깊숙

이 찔렀고, 진이현은 모용운지 뒤에 서 있던 사내의 어깨를 길게 벤다.

두 사람이 검에 묻은 피를 바닥을 향해 털어 낸 뒤 몸을 돌려 서로 마주 봤다.

모용운지가 섰던 자리에 진이현이 있고, 진이현이 섰던 자리엔 모용운지가 있다.

둘의 시선이 교차하며 주위의 모든 소음과 살기를 희미하게 씻어 버린다.

그 모습을 똑똑히 지켜본 오자경이 저도 모르게 중얼거렸다.

"아…… 진짜 지랄이다, 지랄. 닭살 돋는 거 봐."

오자경이 손끝을 세워 몸 여기저기를 긁적거린다.

모용운지와 진이현이 다정한 모습을 보이며 보란 듯이 애정 행각을 벌인 것도 아닌데, 오자경에겐 꼭 그렇게 느껴졌다.

다리를 놓긴 뭘 놔?

다리가 없어도 지들이 알아서 헤엄쳐서 강 중간에서 만날 거 같은 두 사람이다.

"저러면서 둘 다 아닌 척, 찬바람 쌩쌩 부는 척했다 이거지? 앞으로도 그럴 거고?"

자신과 곰 새끼가 졌다. 우린 눈치 없는 거 맞다.

오자경은 방방 뜨며 칼질을 해 대던 산적들도 고요해진

걸 보고, 저들도 자신처럼 기가 막혔나 보다 생각했다.

대단한 한 쌍 나셨네, 하고 혀를 내두르는 오자경은 뭔가 이상함을 느꼈다.

산적들이 모두 자신을 보고 있다.

아니, 산적들만이 아니라 저 내숭 백 단의 한 쌍도 자신을 뚫어져라 보는 게…….

오자경이 검지로 자신을 가리키자, 맞은편에서 진이현이 고개를 젓는다.

오자경의 손끝이 제 가슴팍을 지나 이번엔 어깨 뒤로 움직인다.

이번엔 맞췄는지 진이현이 고개를 끄덕였다.

쿵, 쾅, 쿵, 쾅!

바닥이 크게 울리는 진동이 발바닥을 통해 전해진다.

오자경이 대체 뭔가 싶어 고개를 돌려 뒤를 확인하는데…….

"흐어어억!"

오자경의 입에서 흔치 않게 기함이 터져 나왔다.

장정 혼자선 양팔을 한껏 벌려 껴안아도 손이 닿지 않을 것 같은 거대한 나무가 뿌리째 뽑혀 누군가의 가슴팍에 안겨 있었다. 두께가 두꺼운 만큼 키도 크고 나뭇잎이 우거져 있는 나무다.

달려 오는 기세에 이리저리 휘청거리는 나뭇가지들 사이

로 익숙한 얼굴이 드러났다.

"저…… 미친 곰 새끼."

오자경이 슬금슬금 옆으로 방향을 튼다.

"누가 감히 우리를 건드리냐! 다 가만두지 않겠다! 이히히히히히!"

장웅이 괴이하기 짝이 없는 웃음을 터트리며 거대한 나무 기둥을 두툼한 양손으로 꽉 쥐고 좌우로 크게 휘둘렀다.

쉬이익!

"으아악! 저, 저게 뭐야!"

산적들이 이제야 제정신을 차렸는지 비명을 내지르며 물러난다.

재수 없게 나무 기둥이 움직이는 방향에 있다 가볍게라도 스친 이들은 하나같이 다 바닥에 드러누워 다시 몸을 일으키지 못했다.

부웅, 부웅!

크기가 크기인지라 바람 가르는 소리도 둔탁하다.

검과 도, 창이 마구잡이로 섞여 있던 격전장을 거대한 나무 한 그루가 완전히 장악하여 주위를 휩쓸었다.

"이번엔 그냥 산적인가?"

싸움이 끝나고 오자경이 초토화된 주위를 둘러보며 말한다.

"저번에 우리한테 두들겨 맞았던 놈의 친구들인가 봐."

무공이 약한 걸로 봐선, 그 산적 같지 않은 산적 놈들은 아닌 거 같고, 두들겨 팬 놈들은 한둘이 아니니 누군지 알 도리가 없다.

주변을 휘휘 둘러보던 장웅이 드디어 낯익은 얼굴 하나를 발견했다.

장웅이 발꿈치를 땅에서 떼고 살금살금 걸어가 바닥에 쓰러져 있는 이들 중 한 사내 옆에 섰다.

그리고 기척을 죽이며 쭈그리고 앉아 검지로 가리킨다.

너 이놈 기억나?

오자경이 어깨를 으쓱거린다.

아는 것도 같고 아닌 것도 같고, 하도 비슷비슷한 놈들을 많이 본 터라 기억이 잘 안 나는 거다.

쓰러져 있던 산적 사내는 주위가 조용해지자 상황을 확인하기 위해 슬쩍 실눈을 떴다.

"끄어엉!"

장웅이 사내의 코앞까지 얼굴을 들이민 통에 그가 혼비백산하여 신음을 흘린다.

그리고 순간의 기지를 발휘해 고개를 툭 옆으로 꺾더니 혀를 빼물었다.

"니가 곰은 곰인가 보다. 네 앞에서 죽은 척하면서 그게 통할 거라 믿는 걸로 봐선."

오자경의 말에 장웅이 사내를 쿡쿡 찔러보는 손가락에 힘이 들어간다.

사내가 눈을 감은 채 울상을 지으며 사지를 빳빳이 굳힌다.

산적이 멀쩡히 길 가던 이를 습격했으니 죄가 없다고도 할 수 없고, 패배했으니 굴리면 굴리는 대로 굴러가는 수밖에.

"그냥 산적 맞네."

둘이 하는 양을 물끄러미 보던 진이현이 나직하게 중얼거린다.

자신을 손가락으로 찔러 죽이려는 건지 장난질을 멈추지 않는 장웅으로 인해 안 그래도 괴로워하던 사내가 더 이상 참지 못하고 상체를 벌떡 일으킨다.

장웅이 놀라 몸을 뒤로 젖히다 엉덩방아를 찧었다.

"그럼 산적이 그냥 산적이지, 대체 뭘 바라는 건데!"

사내가 우락부락한 얼굴을 일그러트리며 외친다.

한데 분노에 가득 차 화를 내는 게 아니라 곧 울음이라도 터트릴 기세였다.

산적질하는 게 자랑이냐며 윽박지르기도 애매해진다.

"가뜩이나 장사도 안 되는데, 이상한 놈들만 많아져서 이리 터지고 저리 터지고! 산채도 잃은 판에 별 거지 같은 것들한테까지 이런 수모를……."

웅얼거리다 말고 자신이 처한 상황을 깨달은 사내가 슬며시 입을 다물었다.

오자경의 눈초리가 휙 추켜 올라가려는데, 진이현이 그를 저지하고 사내가 했던 말에 관심을 갖는다.

"산채를 잃었다니, 그에 대한 이야기를 좀 더 듣고 싶군."

사내가 알아서 뭐할 거냐고 확 질러 버리고 싶었으나 금세 현실과 타협한다.

여기 있는 이들 중 누구 하나 쉬워 보이는 이가 없었지만, 그중에서도 싸늘한 얼굴에 위압감을 풍기는 진이현은 가장 상대하기 어려워 보이는 인물이었던 까닭이다.

"아, 네. 먹고살기가 힘든 시기엔 산으로 모여드는 이들의 수 또한 많아지니, 처음엔 별로 신경 쓰지 않았었는데……."

이어지는 사내의 말에 따르면 산적들의 수가 어느 순간을 기점으로 급격히 늘어났다고 한다.

원래 자리를 잡고 있던 산적들은 그제야 위기감을 느끼고 새로 유입된 산채들을 몰아내기로 했지만, 쫓겨난 건 자신들이 됐다며 허탈한 얼굴을 했다. 무공이 상대도 안 됐던 거다.

"대체 그런 놈들이 왜 산적질을 합니까? 제가 그 정도만 됐어도 벌써 북경으로 가서 뒷골목을 휘어잡고, 작은 문파라도 하나 세웠을 겁니다."

사내가 씨근덕거리며 숨을 몰아쉰다.

결국 몰살당한 산채는 그대로 문을 닫고, 겨우 살아남았어도 근거지를 잃은 중소 규모 산채의 산적들은 이렇게 몰려다니며 떠돌이 여행자들의 주머니를 털고, 인근 마을을 습격하는 걸로 입에 풀칠하고 있다며 사내의 이야기가 끝이 났다.

"그러니 그렇게 두들겨 패도 어디선가 끊임없이 새 친구를 계속 데려와 난리를 피운 거군."

자기들 터전에서 쫓겨나 가뜩이나 날이 서 있는 그들이 진이현 일행과 부딪쳐 깨져 나가니, 쌓였던 울분이 폭발해 계속 짓쳐 든 모양이다.

쫓겨 난 이들이 몇 무리씩 모여 서로를 돕고, 혹은 도움을 받았으니 가능한 일.

저런 이들이 성을 하나 지날 때마다 최소한 한 무리씩은 있다는 말이니…… 절대 작은 일은 아니다.

"너희의 얘기에 동정이 생기거나 하지는 않는다. 어차피 지금까지 다른 사람들에게 피해를 입히며 제 배를 불렸으니, 그걸 그대로 돌려받는다 생각하라고."

오자경이 차가운 어조로 말하더니 살기를 은근히 피어 올리며 당부했다.

"또다시 여행자들을 털거나 인근 마을을 습격해 사람들을 다치게 하면, 그땐 너희가 우릴 찾아올 필요도 없다. 우리가 너희를 찾아갈 테니."

"그런 날이 오면 그땐 다 죽는다. 이번을 끝으로 다음은 없는 거다."

진이현이 오자경의 말에 동의하며 한 손을 거든다.

사내는 새카매진 얼굴을 푹 숙여 땅에 처박는다.

여기저기 널브러져 있는 그의 동료들 중에 중상을 입고 빨리 치료해야 할 이들은 많지만, 아직 완전히 숨이 넘어간 이가 없다는 게 더 무섭다.

자신들을 죽이고 살리는 걸 결정하여 그대로 행할 수 있을 만큼의 힘이 저들에게 있다는 뜻이 되니까.

"새겨 두겠습니다."

말은 그리하지만, 배운 게 도적질이라고 당장 내일은 어찌해야 할지 알 수가 없다.

진이현은 그들을 물끄러미 바라본다.

험난한 세상인 건 맞다. 하지만 그렇다고 힘들게 살아가는 이들이 모두 다 저들과 같은 선택을 하는 건 아니다. 내일은 좀 더 나아지리라 믿고 열심히 살아가는 사람이 더 많은 것이다.

자신의 똑똑한 동생이었다면 어떻게든 저들을 위해 수를 만들어 내어 모두 함께 웃을 수 있게 만들어 줬겠지만, 진이현 자신은 그런 재주가 없었다.

그럼에도 불구하고 만약 자신에게 누군가를 도울 수 있

는 힘이 있다면, 그건 저들에게 다시 한 번 새로운 기회를 주기 위해 쓰이는 게 아니라, 지금까지 열심히 살아왔던 이들을 위해 사용해야 하리라.

진이현이 산적들에게서 관심을 끊고 몸을 돌리는데, 그의 등 뒤에서 얼굴을 파묻다시피 한 채 가리고 있던 모용운지가 미처 방향을 틀지 못하는 바람에 두 사람이 서로의 숨결이 느껴질 정도로 가까운 거리에서 얼굴을 마주 본 형상이 된다.

"아…… 죄, 죄송해요. 오 공자님이 저는 남의눈에 띄면 안 되니, 대충 수습이 끝날 때까지 여기 서 있으라고 해서……."

모용운지의 말에 진이현이 별다른 대꾸 없이 고개를 끄덕인다.

이토록 가까이 있었는데 인기척을 느끼지 못했다면 그게 더 말이 안 된다.

알았지만 그냥 있었던 것뿐.

진이현이 천천히 걸어간다. 모용운지가 충분히 따라와 자신의 등 뒤에 몸을 가릴 수 있을 정도의 보폭으로.

그녀는 얼굴에 묻은 핏물을 소매로 닦아 내며 조심스레 그의 뒤를 쫓았다.

"같이 가!"

오자경과 장웅도 그들의 뒤를 쫓았다.

일행이 산적들을 뒤에 남겨 두고 가던 길로 계속 걸음을 옮기자, 계속 궁금한 걸 참고 있었던 모용운지가 진이현에게 조심스레 물었다.

“아까 그 사람과 나눴던 이야기 말이에요, 그게 무슨 얘기에요?”

진이현 일행의 반응도 그렇지만, 산적들의 우두머리 격으로 보였던 사내가 한 얘기도 의아한 게 많았던 것이다.

진이현이 대답은 하지 않고 가만히 있자, 모용운지의 얼굴이 창백해졌다.

함께 검을 휘둘렀을 때 느꼈던 교감이나, 좀 전에 자신을 위해 걸음을 늦춰 주었던 배려에서 지금까지의 어색함을 조금은 지울 수 있을 거라 여기며 큰맘먹고 말을 걸었건만…….

자신만 그렇게 생각했다 싶어지니 자존심도 상하고, 계속 이 상태라면 더는 어찌해 볼 도리가 없는 것 같다.

한데…….

“산적이라고 하기엔 무공이 꽤나 강하고 조직적으로 움직이는 무리들이 무림에서 암약하고 있음을 확인했습니다.”

대답하기 전의 침묵이 길긴 했으나 진이현의 목소리가 들려왔다.

“그래요?”

들은 내용과는 어울리지 않았지만 모용운지의 얼굴엔 환한 미소가 어려 있고 그녀의 어조는 꽤나 들떠 있다.

"그들이 그냥 산적이라면 그들과는 천적이라 할 수 있는 표국에선 상급 이상의 무사들을 표사로 받아들이지 않고는 표물을 운행할 수 없게 될 정도일 테니, 의심하지 않을 수가 없지요."

표국은 산적들을 막아 내고 물건을 안전하게 수송하여 돈을 벌고, 산적들은 표국의 표행을 털거나 그들에게 통행세 명목으로 작은 성의 표시를 건네받아 먹고산다.

한쪽이 완전히 무너지면 다른 한쪽이라고 해서 온전하기 힘든 구조다.

그러니 필요 이상으로 강한 무사를 무리해서 받아들일 이유가 없다 할 수 있었다.

"그들이 의심스러웠으면 붙잡아 정보를 캐 보지 그러셨어요?"

"그게…… 뭐 캐어 봐도 별로 나오는 게 없어서 말입니다."

오자경이 불쑥 두 사람 사이의 대화에 끼어들었다.

정말 산적 같은 놈들은 아까 그놈들과 비슷했고, 산적 같지 않은 놈들은 잡아서 뭔가 캐물으려 들면, 자신들은 위에서 내려온 명령대로 기다리고 있다가 전해 들은 인상착의의 사람들을 덮친 것뿐이라고 하니…….

혹시나 싶어 그들을 일부러 놓아주고 뒤를 쫓은 적도 있는데, 다른 곳으로 빠져나가는 게 아니라 정말 근방에 알려져 있을 정도로 실제 존재하는 산채로 향했다.

산적 같지는 않은데, 산적이 맞는 거니 더 이해가 안 되는 거다.

채주란 놈을 잡아 본 적도 있지만, 그놈은 독하기 그지없어 뭔가 물어보기도 전에 혀를 깨물고 자결해 버리고 말이다.

"정말 이상하긴 하네요."

모용운지가 고개를 갸웃거린다.

"이번에 돌아가면 아버님께 말씀드리려 합니다."

무림에 이상한 기류가 맴돌고 있다면, 진가장과 동심회도 그 여파를 피하기 어려울 터.

위험이 있다면 목전까지 닥치기 전에 미리 준비를 해야 하지 않겠나.

어쨌거나 좋은 일이라곤 할 수 없었기에 무거운 공기가 어깨를 짓누른다.

터벅터벅 걸어가던 세 사람은 그제야 일행 중 한 사람이 빈다는 걸 깨닫는다.

"웅이는?"

"……아마 저어어어 뒤에서 따라오고 있을걸?"

이제야 제가 한 짓이 어땠는지 깨달은 모양이다. 그런 짓을 저지르고도 너무 아무렇지도 않아 보여서, 사실 오자경은 속으로 놀라고 있던 참이었다.

오자경의 말에 진이현이 걸음을 멈추고 뒤를 돌아본다.

저 덩치 큰 녀석이 이렇게 깨알만 하게 보이는 걸 보면, 상당히 먼 거리다.

진이현이 오자경을 툭 치더니 턱 끝으로 장웅이 있는 쪽을 가리킨다.

"쟤 왜 저러냐고?"

오자경의 확인에 진이현이 고개를 끄덕인다.

"몰라서 묻는 거지?"

오자경은 되묻지 않을 수 없었다.

아무리 자신이 모용운지에 대한 인상을 지울 수 있을 만큼 강렬한 등장을 하라고 했다손 쳐도 그렇지. 나무 한 그루를 뿌리째 뽑아 들고 온 걸로도 모자라, 그 괴이한 웃음소리라니!

그 순간의 장웅의 모습은 정말 꿈에 나올까 무서울 정도였다.

그런데도 이현이는 뭐가 이상했는지조차 느끼지 못한 거다.

이현이에겐 맨손이나 검이나 나무 한 그루나, 어차피 사람을 해치는 도구인 건 마찬가지인 거고, 장웅은 지랄 발광을 하며 눈 뒤집고 뛰어다녀도 어차피 장웅인 거니, 이상할 게 없을 수도 있겠다 싶긴 하지만…….

정상적인 사람의 기준으로 보면 지금 이현이 옆에서 난

처한 표정을 짓는 모용운지가 맞다.

모용운지는 장웅이 왜 멀찍이서 쭈뼛거리며 따라오고 있는지 아는 눈치였다.

“모용 소저도 아까 많이 놀랐습니까?”

모용운지가 멈칫하면서 부정하지 않는 걸로 봐선 정말 많이 놀란 모양이다.

하긴 오자경 자신도 꽤나 끔찍한 걸 보긴 봤으니.

“이현이한테 끔찍하게 아끼는 동생이 하나 있는데, 고 녀석이 장웅한테 별호를 하나 지어 줬거든요, 뇌웅이라고.”

장웅은 더 이상 곰은 싫다고 우겼지만, 유청이 그 영악한 놈에게 이길 순 없었다.

게다가 하남삼협이 싫었던 자신과 장웅은 쾌검공자와 뇌웅이란 별호를 대신 알리기 위해, 적을 만났을 때 제 입으로 외치는 쪽팔림까지 감수하지 않았나.

“아까 나무 들고 설치던 저놈을 본 산적들이 광웅(狂熊)이랍디다.”

이젠 뇌웅도 아니다. 광웅이다.

미친 곰이라니……. 오자경 자신이 얼핏 흘린 말을 산적들 중 하나가 주워듣고 크게 외쳐서 주위에 퍼트린 듯하다.

저 놈이 들으면 분명 게거품을 물며 자신을 잡으려 들겠지. 니가 등 떠밀어 이리됐노라고.

장웅이 굳이 그런 짓을 벌이지 않았어도 모용운지의 예

쁜 얼굴에 튀어 있던 핏물로 인해 인상을 기억하기 어려웠을 것을.

자기가 시켰던 거라는 건 어느새 까먹은 오자경이 장웅을 향해 넌 참 재수가 없다며 입맛을 다신다.

오자경이 인상 쓰는 모습이 재밌었는지 모용운지가 손으로 입을 가리며 눈가를 휜다.

모용운지를 힐끔 본 오자경이 담담하게 말문을 열었다.

"산적들이 모용 소저를 향해서도 뭐라 하던데, 들으셨는지 모르겠습니다."

"뭐……라고 하던가요?"

꼭 물어봐 달라는 듯 눈을 빛내는 오자경으로 인해 모용운지가 어쩔 수 없이 되묻는다.

그녀의 머릿속에 어떤 단어 하나가 휙 스쳐 지나간다.

설마 그 얘기를 하려는 건……?

그리고 역시나.

"얼굴만 예쁜 마녀라던데요?"

히죽 입꼬리를 말아 올리는 오자경을 보니 왜 절로 주먹이 쥐어지는지.

모용운지는 그 덕분에 흔치 않은 경험을 할 수 있었다.

그런데 그때 어디선가 나직한 웃음소리가 흘러나온다.

"풋!"

오자경은 모용운지를 보고 모용운지는 오자경을 보지만,

둘 다 자신들은 아니라는 듯 고갤 젓는다.

그렇다면 여기 남아 있는 이는 단 한 명.

두 사람의 시선이 서서히 진이현을 향하지만, 그는 무슨 일이 있었냐는 듯 무표정한 얼굴이다.

고개를 갸웃거리며 눈을 가늘게 뜨고 진이현을 뜯어봐도 전혀 표정 변화가 없는 것이…… 정말 너 아니냐?

"장웅이 올 때까지 여기서 기다려야겠다."

걸음을 딱 멈춰 서고 저편에 있는 장웅을 물끄러미 바라보며 시선을 돌리는 게, 아무래도 의심스럽긴 하지만…….

증거가 없으니 들이댈 수도 없는 노릇이라 오자경이 선선히 포기한다.

그에 비해 모용운지는 진이현을 물끄러미 바라보는 시선을 멈추지 않다가 그의 귓불이 은은히 붉어져 있음을 발견할 수 있었다.

그녀가 빙그레 미소 짓는다.

그녀는 오자경에게 자신이 찾은 증거를 가르쳐 주지 않을 작정이다. 왜냐하면 그가 웃음을 참을 땐 귓불이 붉어진다는 사실은 자신만 알고 있고 싶었으니까. 그녀가 그에 대해 처음으로 갖게 된 즐거운 비밀이었다.

"하하하, 정말 그랬다니까요? 남궁 공자께서도 함께 가셨어야 하는데."

남궁세가 대공자의 처소 후원에는 웃음소리가 가득하다.

"그렇게 재밌었습니까."

남궁민이 의례적으로 묻는 말에 이야기를 처음 꺼냈던 청년의 얼굴이 환해진다.

"그럼요, 달이 비치는 맑은 호수에서 마시는 찬 술 한 잔이 어찌나 달콤하던지, 말로는 표현을 못 하겠습니다."

"다음에 한번 시간을 내 보도록 하지요."

"꼭입니다!"

내로라하는 후기지수들이 남궁민의 눈치를 살피며 너도 나도 한마디씩 건넨다.

남궁민은 담담한 얼굴로 넓은 아량을 베풀어 그들의 이야기를 들어주었다.

하지만 이 자리에 있는 모두가 남궁민의 마음에 들려고 머리를 들이미는 건 아니었다.

"다들 시간이 남아도시나 봅니다. 호수를 바라보며 풍월을 읊는 취미를 갖고 계시니. 무림맹 내에선 학관에서 자꾸 불미스러운 일이 생겨, 이번 기회에 아예 학관을 없애자는 얘기까지 나오고 있는데……. 그러면 중소 문파에 대한 무림맹 상층부의 장악력에 문제가 생기지 않겠습니까."

딱딱한 말을 툭 뱉어 내어 순식간에 분위기를 차갑게 만드는 이는 하북팽가의 둘째인 팽호열이다.

하북팽가와 남궁세가가 비등비등한 세력을 갖고 오대 세

가의 수좌 자리를 다툰 지 벌써 십 년. 두 세가 사이에는 해묵은 감정이 켜켜이 쌓여 썩어 들어갔다 해도 이상할 게 없었다.

같은 오대 세가 출신이란 이유로 대놓고 서로를 적대시할 순 없지만, 웃는 낯 아래 감춰 둔 칼은 날이 예리하게 갈려 있는 것이다.

게다가 팽호열 자신의 성격 또한 고집이 세고 스스로의 능력을 과신하는 경향이 있어, 세상 사람을 다 제 눈 밑으로 보는 남궁민과는 사이가 좋기 어려웠다.

"팽 공자님도 참. 다 같이 모여 오랜만에 즐거운 시간을 갖고 있는데, 꼭 그런 얘길 하셔야겠어요?"

각 문파와 세가 내에서 관심과 기대를 한 몸에 받는 후기지수들이 무림맹이 아닌 곳에서 한자리에 모이는 건, 시간과 거리상 쉬운 일이 아니었다.

"제갈 소저, 내 말은 무림맹을 이끌어 나갈 우리가 의식을 갖고 모든 일에 진취적으로 나서야 한다는 겁니다. 이렇게 시간을 허비할 게 아니라."

팽호열의 호기로운 외침에도 반응을 보이는 이가 없다.

제갈미미는 오히려 그에게서 고개를 휙 돌려 외면하는 실정이었다.

팽호열이 한 발짝 내딛기도 싫은 남궁세가에 와서 이런 허접한 이야기를 들으며 시간을 낭비하는 까닭은 오직 하나, 제갈미미 때문이었건만.

"남궁 공자님, 호수에 갈 땐 저도 꼭 데려가 주세요. 달빛 아래 공자님과 함께 나란히 앉아 수면에 비친 달구경을 하고 싶습니다."

제갈미미의 신경은 온통 남궁민에게 가 있었다.

남궁민이 모용세가의 여식인 모용운지를 마음에 두고 있었다는 걸 모르는 이가 없어, 이전엔 그에게 관심을 가졌던 여인들이 쉽게 다가가기가 어려웠다. 하나 모용운지가 행적을 감춘 이후론 거리낄 게 없어졌다.

남궁민 또한 모용운지를 찾는 걸 멈추진 않고 있다 해도, 이전처럼 그녀에 대해 언급하는 일이 진혀 없었으니…….

그를 좋아하는 제갈미미에겐 좋은 기회가 된 거다.

"가게 되면 제갈세가로 연통을 넣도록 하겠습니다."

남궁민이 팽호열을 눈 아래로 깔아 보며 말한다.

그는 자신에게 도전하는 사람을 용납하는 사람이 아니었다.

다시 분위기가 화기애애해지고, 팽호열만 방관자가 되어 없는 사람 취급을 당한다.

팽호열이 이를 으득 간다. 자존심이 몹시 상하고, 자신의 앞에서 보란 듯이 다정한 행동을 하는 두 사람으로 인해 질투심이 솟구쳤다.

그나마 다행히, 팽호열 자신에겐 상황을 반전시킬 만한

패가 있었다.

자신이 당한 만큼 남궁민에게 갚아 줄 수 있을 만한 정보.

여전히 자신을 빼놓고 자기들끼리 이야기를 주고받는 후기지수들을 향해 팽호열이 입을 열었다.

"혹시 여러분은 모용 소저에 대한 이야기를 들은 게 있습니까?"

팽호열의 물음에 좌중이 고요해진다.

모용운지에 대한 이야기는 남궁민 앞에서는 금기시돼 있다.

남궁민도 꺼내지 않았지만, 다른 이들도 그에게 모용운지의 이름을 되새기려 하지 않은 거다.

제갈미미의 눈이 날카롭게 추켜 올라가지만, 팽호열은 멈추지 않았다.

"본가에서 군문에 투신한 분이 꽤 있다는 건 다들 아실 겁니다."

팽가의 터전은 황제가 머무는 북경과 지리적으로 가까웠다.

무림 세력으로서 적지 않은 힘을 보유하고 있는 팽가가 턱 아래 있으니, 황제로선 신경을 쓰지 않을 수 없는 일. 호전적인 성격의 황제가 가만있을 리가 없었다.

결국 팽가에 대한 핍박과 회유가 이어졌고, 자신들의 터전을 지키기 위해 팽가는 무림 세력으로선 드물게 관가와 모종의 관계를 맺게 된다.

물론 다른 무림 세력들처럼 관가에 직접적으로 매여 있는 건 아니었으나, 고수들 몇을 황궁으로 보내 황제를 보호하게 하거나, 원하는 이는 군문에 투신할 수 있도록 길을 닦아 주었다.

사실 그렇게 팽가를 빠져나가는 고수의 수가 많지는 않았으나, 다른 무림 세력 내에선 거의 없다시피 한 일이기에 유독 눈에 띄었다.

"무슨 말이 하고 싶으신 겁니까."

남궁민의 목소리가 싸늘하다.

"얼마 전 형부상서 이청강 어르신이 당신에게 은혜를 베푼 한 여인을 찾는다고 각 성에 연락을 취한 적이 있습니다."

팽호열은 모두의 시선이 자신에게로 쏠리자 짜릿한 기분을 느꼈다.

남궁민이 아니라 자신이 바로 이 자리의 중심이 된 것이다!

"그래서요?"

누군가의 재촉에 팽호열이 잠시 목소리를 가다듬고는 말을 이었다.

"우리 가문의 윗분 중 한 분이 지방에서 그 얘기를 듣고 본가로 연락을 하셨습니다. 이청강 어르신이 찾는다는 여인의 초상화가 모용 소저를 그린 것처럼 딱 맞아떨어진다고 말입니다."

나라의 녹을 먹는 관리들 중에서도 최고 급인 형부상서가 모용운지에게 은혜를 입을 일이 무에 있으며, 집을 나와 혼자인 그녀가 해 줄 수 있는 게 무엇인지 알 도리가 없어 좌중이 의아해한다.

웅성거림이 커지자 남궁민이 한 손을 들어 올려 소란을 막았다.

"모용 소저의 위치를 알게 된 것도 아니고, 그녀인지조차 확실치 않은 초상화 한 점이 뭐 그리 큰 정보라고 그러십니까?"

남궁민은 조금도 동요하지 않았다.

"……남궁 대공자가 그렇게 노력해도 아무런 흔적조차 찾을 수 없었던 거에 비하면, 큰 정보가 아닙니까?"

팽호열이 반박한다.

팽호열은 남궁민이 싫다며 혼약을 파기하고 떠난 모용운지의 존재 자체가 그의 약점이라고 여겼기에 꺼낸 말인데, 반응이 예상한 것과 다르다.

남궁민은 모용운지의 이야기에 수치스러워하거나 불쾌해하는 대신 안타까움을 내비쳤다.

오만한데다 어디 하나 흠잡을 곳 없이 잘난 사내가 한 여인만을 그리워하는 모습이 오히려 호감을 불러일으키고 좌중을 감탄케 한다.

남궁민은 후기지수들과 쓸데없는 이야기를 나누며 앉아 있을 마음이 싹 사라졌다.

모용운지에 대해 실낱같은 정보나마 얻은 건 이번이 처음이었기 때문이다.

“나는 이만 들어가 볼 테니, 다른 분들은 좀 더 있다 가십시오. 부족한 건 시종을 불러 얘기하면 무엇이든 가져다 드릴 겁니다.”

남궁민이 자리에서 일어나더니 정중하게 후기지수들을 향해 인사를 남기고는 뒤도 돌아보지 않고 자기 처소로 돌아간다.

주인이라 할 수 있는 남궁민이 그렇게 가 버리니, 분위기가 확 가라앉아 나아질 줄을 몰랐다.

결국 두 번이나 맥을 끊은데다 모임이 깨지게 만드는 원인 제공을 한 팽호열에게 원망의 시선이 쏟아진다.

특히나 제갈미미의 눈엔 얼핏 살기까지 비칠 정도였다.

하나 아무리 그래도 팽가의 이공자를 대놓고 비난할 순 없으니 어쩔 수 없다.

“저는 이만 가 보겠습니다.”

분분히 자리에서 일어나는 이가 늘어난다.

각자 정해 둔 숙소로 돌아가려는 거다.

결국 시간이 더 지나자 후원에 남아 있는 이는 팽호열 혼자뿐이었다.

팽가 내에선 이게 어떻게 쓰일 정보일지 몰라 일단 남궁세가에 알리는 걸 미뤄 두었던 건데, 팽호열이 당장의 수모를 씻기 위해 가벼이 입을 놀렸음에도 불구하고 원하는 걸 얻지 못한 채 더욱 곤란한 지경에 처하니…….

이래저래 팽호열의 입장만 난처해졌다.

제 처소로 돌아간 남궁민은 즉각 심복인 철형을 불러 정보를 모으게 했다.

철형은 능력을 십분 발휘하여 주인이 원하는 바를 충족시키기 위해 노력했다.

"그래서 형부상서 이청강이 전에 머물렀던 곳이 하남성이라 이건가?"

"네, 그렇다고 합니다."

철형이 고개를 끄덕인다.

"하남성이라……. 진가장이 있는 곳이군."

신기한 일이다.

하남성을 떠올리는데, 제일 먼저 생각나는 게 무림의 태산북두라는 소림이 아니라 진가장이라니!

그날의 짧은 접점이 아니었다면 그런 곳이 있었는지도 몰랐을 텐데, 지금은 사사건건 자신의 심기를 건드리며 부상한다.

진가장의 첫째는 자신과 악연이 있고, 진가장의 둘째는 자신의 동생인 남궁혁과 불미스러운 일이 있었으니 당연한 걸까?

"거슬리는군."

남궁민이 혼잣말을 중얼거렸다.

할 수 있는 한 최대로 진이현의 차가운 얼굴을 일그러지게 만들겠다고 다짐했는데, 쓸모없는 셋째는 오히려 일을 망쳐 놓기만 하고…… 쯧!

창천대를 보냈을 때도 남궁혁을 이용하려 했을 때도 모두 실패했다.

이전이패(二戰二敗)라.

남궁민이 하는 일치고는 참으로 드문 전적이다.

남궁민은 더 이상 진가장과 관련된 것을 다른 이에게 맡겨 둘 마음이 없어졌다.

"내가 나서야겠다."

팽호열 앞에선 일부러 내색하지 않았으나, 진가장의 터전이 있는 곳과 같은 하남성에서 벼슬을 했다던 이청강이 모용운지를 찾는다는 건 그냥 쉽게 넘길 일이 아니었다.

얼핏 듣기론 하남성 내의 문파나 세가 들은 서로의 일을 돕길 좋아한다 했으니, 그중 하나가 진이현을 위해 형부상서에게 청탁을 넣었을 수도 있음이다. 무엇보다 남궁민의 예민한 감이 하남 진가장을 가리키고 있었다.

"창천대를, 아니 창무대를 준비시켜라."

"창무대를 이끌고 하남으로 가면, 소림의 심기를 자극하게 되지 않겠습니까?"

창무대는 창천대보다 한 단계 위의 무력 단체로, 창천대가 남궁세가의 자랑이라면, 창무대는 음지에서 남궁세가를 지키는 숨겨진 저력이라 할 수 있었다.

그런 만큼 예기가 강하고, 한 명 한 명이 고수로 이루어져 있어 경계심을 불러일으킬 게 틀림없다.

철형이 걱정스레 묻는 말에 남궁민이 오만한 눈동자를 싸늘하게 빛낸다.

"소림씩이나 되는 이들이 설마 창무대 한 개 조를 갖고 호들갑을 떨까. 무림맹 총회 때 본 바로는 진가장의 둘째가 소림 방장과도 인연이 깊어 보이긴 했지만……."

진유청이라고 했나?

참 맹랑한 녀석이었다. 또렷한 눈으로 자신과 시선을 맞추는데, 얼핏 봐도 자신의 쓸모없는 동생 놈보단 수배는 나아 보였다.

그러나 어린아이가 어른들 일에 끼어들 순 없는 노릇이지.

"아무리 소림이라 해도 남궁세가의 대공자인 내가 혼인을 약속한 여인을 찾겠다는 걸 방해할 순 없을 거다."

물론 이 혼인에 대한 것이 그녀가 사라진 뒤 그녀의 가문과 약속한 거라 해도, 그녀에게 모용세가의 피가 흐르는 한은 유효했다.

만약 그녀가 하남에 없다 해도, 진가장의 첫째와 손톱만큼의 연관이라도 있다면…….

자신이 하남으로 가서 진가장을 압박하는 데도 나서지 않을 순 없을 거다.

"모용세가에도 연통을 넣어라. 운지의 흔적을 찾을 수 있는 정보를 입수했다고."

자신이 뭐라 한다고 들을 분이 아니란 걸 알기에 철형이 입을 다물고는 허리를 깊숙이 숙여 보인 뒤 밖으로 나갔다.

남궁민이 모용운지를 포기하지 않았듯 모용세가 또한 그랬다. 그들은 앞으로도 계속 써먹을 곳이 많은 딸을 잊지 않고 계속해서 찾을 것이다.

자신이 그녀를 원하는 한은, 절대 포기하지 않겠지.

당사자도 없는데 혼인 약속까지 덥석 해 주는 이들이 아니던가.

"하남삼협이라 불린다지?"

요즘은 이런 버러지 같은 놈들에게도 별호를 붙여 주는군.

그러나 역시, 그런 놈들에게 딱 어울리는 촌스럽기 짝이 없는 별호이기도 하다.

남궁민이 입가에 조소를 머금은 채 창가로 다가갔다.

"하남성에 가면 너를 만날 수 있을까?"

그의 눈앞에 모용운지의 얼굴이 그려졌다.

"운지, 너는 나를 벗어날 수 없다. 내가 먼저 너를 버리기 전까지는!"

그가 유일하게 가지지 못한 걸 다른 사람이 갖게 할 수는 없었다.

더더군다나 자신은 기다릴 만큼 기다려 주었다.

第三章

누구냐, 넌!

도로록, 도로록 끊임없이 굴러가던 마차 바퀴가 목적지에 도착하여 움직임을 멈춘다.

마차에서 먼저 내린 진호철이 뒤이어 마차에서 내리려는 진유청을 향해 양팔을 벌린다. 안아서 바닥에 내려 주려는 게다.

옛날처럼 아버지의 품에 안기려던 진유청이 갑자기 멈춰서서 고개를 도리도리 젓는다.

"아버님, 저도 혼자 내려갈 수 있습니다."

원래 이게 당연한 거였다.

진유청이 가볍게 마차에서 뛰어내렸다.

"그, 그래."

진호철이 머쓱한 표정으로 양팔을 접는다.

진유청은 뒷짐을 진 채 천천히 걸어가 진가장 정문 위의 현판을 올려다봤다.

열 살 때에 나서기 싫은 발걸음을 억지로 떼어 집안과 무림의 평화를 위해 무림학관으로 갔던 세월이 어언 삼 년!

열세 살이 되어 돌아온 지금의 나는 얼마나 자라 있을까.

삼 년 동안 있었던 일들이 주마등처럼 눈앞을 스쳐 지나며 진유청을 자극한다.

친구를 만나고, 적을 만들고, 북경으로 가 황태자까지 얽힌 거대한 인연의 굴레에 휘말렸다.

열심히 노후를 위해 뛰어다녔지만, 눈에 딱 보이는 성과는 얻은 게 없고, 이제 저 문 안을 통과해 들어가면, 야차처럼 자신을 향해 득달같이 달려들어 꿀밤을 때릴 사람들만 득실득실하니 서글프다.

남들은 모르는 위험을 혼자 감지하고 대처해야 하는 자신의 갑갑함을 알아줄 이, 이 세상에 누가 있으리.

"아아, 인생무상이로세."

진유청이 한껏 묵직하게 분위기를 잡으며 나직하게 읊조린다.

따악!

"아버지! 왜 때려요!"

뒤통수를 얻어맞은 진유청은 무거운 머리 때문에 같은

경우를 당했을 남들보다 더 크게 앞으로 휘청거리다 고꾸라질 뻔했기에 빽 소리를 지른다.

진호철은 팔짱을 낀 채 눈을 게슴츠레하게 뜨고 아들을 내려다봤다.

제 입으로 이제 자랄 때가 됐다며 얼른 어른이 되겠다고 선언했던 녀석이, 북경에서 진가장까지 오는 동안에도 예전과는 다른 모습을 보이며 어두운 분위기를 팍팍 풍기고 있는 것도 봐줬다.

흔히 말하는 사춘기가 드디어 우리 유청이에게도 온 건가 싶었던 거다.

이현이야 사춘기라고 할 것도 없이 훌쩍 커 버렸는지라, 아비 된 마음으로 아들의 성장통을 어찌 응원하고 지켜봐야 할지 사실 마음이 조마조마했었다.

한데 요 녀석이 하는 꼴을 보니 아주 가관도 아니지 않은가!

마차에서 내릴 때 자신의 도움을 받지 않으려 한 건 그럴 수도 있다.

유청이 또래 정도 되는 아이들이 아버지와 거리감을 두며 조금씩 자기 세상을 갖고, 뭐든 혼자 할 수 있다 여겨서 다른 이의 도움을 받길 부끄러워하는 현상이 나쁜 건 아니니까.

하지만…… 인생무상이라니…….

열세 살 먹은 꼬맹이가 벌써부터 세상 다 산 시늉을 하는 건 엉덩이를 맞아도 열 번은 맞아야 할 일이었다.

"네가 진짜 몰라서 묻는 게냐, 유청아?"

아버지의 은근한 목소리가 진유청을 불안하게 했다.

하지만 과거의 전적으로 보건대, 이럴 때 물러나면 뒤에 꼭 두 배, 세 배로 아버지한테 당하게 되니 일단 목소리부터 높여 본다.

"제가 뭘요!"

"인생이 무상하다며. 그럼 네가 그리 좋아하는 고기도 맛없고, 네가 그토록 따르는 이현이도 보고 싶지 않고, 너희 형제 한번 잘 키워 보겠다고 끙끙대는 이 아비도 안쓰럽지 않다는 게 아니더냐."

뭘 또 그렇게 비약을 하고 그러십니까, 만은…….

"그럴 리가요. 그런 뜻은 아니었습니다. 그냥 빈손으로 나와서, 해 놓은 거 없이 집으로 돌아오니 마음이 싱숭생숭하여 그랬습니다."

일단 변명부터 한다.

"……열세 살짜리가 집 나갔다 돌아오며, 뭔가를 바리바리 해 갖고 오는 게 더 이상한 거다."

진호철이 혀를 찼다.

"뭐, 그렇다면 그런 거고요."

진유청이 굳이 반박하진 않지만, 그렇다고 수긍하지도

않는다.

자신은 그냥 열세 살짜리 아이는 아니었으니까.

“혹시 집에 들어가기 무서운 거 아니냐?”

진호철이 아들을 떠봤다.

“우리 집에 들어가는 건데, 뭐가 무섭겠습니까!”

말은 그리하면서도 진유청이 마른침을 꼴딱 삼킨다.

“그럼 얼른 들어가자. 널 기다리고, 걱정한 분들이 아주 많단다.”

진호철이 진유청의 머리 위에 손을 올리며 머리카락을 손끝으로 쑤석거렸다.

진유청이 고개를 끄덕인 뒤 정문 앞으로 다가가 닫혀 있는 문을 두드리려는데, 문이 알아서 열린다?

문 안쪽에서 느껴지는 인기척으로 보건대, 아무래도 진가장에 머무는 식객들이 와글와글 모여 있는 모양이다.

자신들이 온 걸 느꼈나?

진유청이 고개를 갸웃거리면서도 어깨를 쫙 펴고 당당하게 가슴을 내밀었다.

좀 많이 맞을 짓을 하긴 했지만 죽을죄는 아니니까.

끼이이익!

문이 활짝 열리고 낯익은 얼굴들이 진유청의 눈에 들어온다.

어? 거지 할아버지와 도사 할아버지에…….

진호네 아버지와 다른 분들까지……. 많이도 와 계시네?

미리 아버지에게 언질을 듣긴 했으나 실제로 보니 압박감이 생각 이상이었다.

그래도 저분들은 모두가 자신을 걱정해서 진가장에 모여 계신 분들이다.

왠지 가슴이 벅차고 마음이 따뜻해졌다.

물론 자신을 잡아먹을 듯 노려보는 시선들이 쪼금 부담스럽긴 했지만.

자신의 머리통과 엉덩이가 오늘 희생을 좀 크게 해야 할 것 같았다.

"저 왔습니다!"

유청이가 활짝 웃으며 매를 줄여 보려 하지만, 별로 통하진 않는 듯.

쌩한 바람 한 줄기가 불어와 진유청과 그와 대치하고 있는 어르신들 사이에서 노닐다 사그라진다.

자신이 잘못한 게 맞긴 하니, 일단 이 어색한 분위기부터 풀어야겠다고 여긴 진유청이 재차 입을 열어 인사를 하려는데…….

"유청아!"

웬 중년의 사내 하나가 저편에서부터 미친 듯이 달려와 자신을 덥석 껴안는 게 아닌가!

"유청아, 잘 왔다. 왜 이제야 왔느냐. 내 얼마나 너를 기다리고, 기다리고 또 기다렸는데!"

진유청이 당황하여 눈을 휘둥그레 뜬다.

이, 이 사람 누구야!

하도 눈물 콧물 범벅이 되어서 뛰어오는 바람에 얼굴도 제대로 확인 못 했고, 그걸 감안해도…….

진유청이 자신의 맞은편에 서 있는 이들을 주르륵 훑어봤다.

자신이 아는 사람 중에 있을 만한 사람들은 다 저기 서 있는데, 대체 당신은 뉘시오?

"유청이 네게 무슨 일이라도 있을까 봐 내가 얼마나 걱정을 했는지 아느냐. 앞으론 절대 하남을, 아니 진가장을 떠나지 말거라!"

그렇다고 이토록 절절하게 진심을 다해 진유청을 부둥켜안고 꺼이꺼이 울며 외치는 분께, '그런데 대체 누구세요?' 라고 하기는 좀…….

"아…… 알겠습니다, 알겠으니 일단 이것 좀 놔 주십시오."

진유청이 자신의 몸을 양팔로 끌어안고 있는 사내의 가슴팍을 밀어내지만, 꿈쩍도 하지 않는다!

게다가 왜 다신 가출하지 말라면서 이제 가출 안 하겠다니 흠칫 놀라는 건데?

당신, 내가 또 사고 치길 바라는 거야, 응?

진유청의 눈초리가 가늘어진다.

진유청이 상체를 크게 뒤로 젖혀 자신에게 엉겨 붙어 있는 사내와 거리를 벌리며 얼굴을 확인하는 순간…….

"히에에엑!"

진유청의 입에서 괴성이 터져 나온다.

이, 이 사람이 왜 여기 있어!

정체를 알고 나니 더욱 기겁하게 됐다.

"누군데 그러느냐?"

진호철도 당황스럽긴 했으나, 어르신들께서 가만히 계시니 다 이유가 있겠지 하고 참고 있던 차다.

한데 아들이 저런 반응을 보이니 영 꺼림칙해 더 기다릴 수가 없었다.

진호철이 유청이에게 다가가며 자신의 집에 있었다면 했을 행동을 그대로 하고 있는 낯선 사내를 향해 날카롭게 눈을 빛내다가…….

"허억!"

진유청과 똑같은 반응을 뿜어낸다.

사실 놀란 걸로 치면 유청이보다 진호철이 더 컸다.

"도첨 문주가 여기 왜 있으시오?"

그것도 내 아들을 마치 자기 아들처럼 품에 끼고서!

진호철이 아들의 양어깨를 두 손으로 꽉 쥐고 위로 쑥 들어 올려 도첨의 품에서 빼낸다.

하지만 도첨은 그 순간 재빨리 진유청의 다리 한쪽을 잡아채어 놓아주지 않았다.

진호철의 눈에서 불똥이 튄다.

그러다 보니 중간에 낀 진유청만 괴로워진다.

키는 자연스럽게 크는 게 제일 좋을 텐데, 이렇게 늘려줄 필요까지야.

집에 돌아오면 큰일이 있을 줄이야 알았지만, 이런 방식으론 아니었다구!

"아, 좀 놔요!"

진유청이 신경질을 내며 버럭 소리치자, 진호철의 손에 힘이 들어간다.

"지금 아비인 날 생판 남보다 못한 저 사람과 똑같이 대하는 게냐."

아무래도 아버지가 삐치신 모양이다.

진유청이 아버지의 도움을 포기하고, 문 안쪽에 나란히 서서 신기한 걸 구경하듯 눈을 또랑또랑 빛내고 있는 지인들에게 도움을 요청한다.

"저, 저기……!"

"도첨 문주의 진심을 이제야 알겠군."

홍개가 진유청의 말을 자르며, 옆에 서 있던 청운자에게 말을 거는 게 아닌가.

"그러게 말이야. 그동안 너무 쌀쌀맞게 군 거 같네."

청운자는 자신이 뿜어낸 살기로 인해 밥도 제대로 먹지 못하고 뒷간으로 달려가 토악질을 하던 도첨이 떠올랐다.

"좀 심하긴 했어."

홍개가 조금의 주저도 없이 고개를 끄덕여 동의하자, 청운자가 새삼스럽단 얼굴을 한다.

"……다른 사람도 아니고, 자네가 그런 말을 하다니."

청운자는 정말 어이가 없었다.

자신이 한 짓과 비교해 봐도 홍개는 좀, 많이 너무했었기 때문이다.

애초에 도첨 문주가 의심스럽다며 그의 진심을 확인해 봐야겠다고 우겨서 진가장에 눌러앉힌 이가 누구란 말인가!

바로 홍개였다!

물론 홍개는 순순히 청운자의 지탄을 받아들일 마음이 없었다.

"이보게, 목영. 자네가 말해 보게. 우리 둘 중 누가 더 심했나?"

목영은 순식간에 엄마가 좋아, 아빠가 좋아의 풀리지 않는 문제의 답을 선택해야 하는 기로에 섰다.

목영 자신이 느끼기엔…… 정말 누가 더 고약하게 나이를 먹었다고 하기 곤란할 만큼, 홍개와 청운자는 용호상박, 우열을 가릴 수 없는 수준이었기 때문이다.

"흠. 유 문주, 유 문주가 한번 말해 보십시오."

청운자가 자신의 절대적 아군인, 제자 유호선의 아버지인 오검문주 유태를 부른다.

"어라, 이렇게 나온다 이거지? 마 장주, 마 장주 어디 있어!"

뒤질세라 홍개는 제자 마진호의 아버지인 마봉구를 찾는다.

이러다 곧 편을 갈라 싸움이라도 한 판 벌일 거 같지 않은가.

"다들 계속 이럴 거예요? 제가 잘못했어요, 다신 가출 안 할게요! 진짜예요, 그러니까 이 두 사람 좀 말려 주세요!"

진유청이 꽥 소리를 지르는 걸로 다시 한 번 좌중의 이목을 자신에게 돌리려 한다.

하지만…….

힐끔, 진유청과 녀석을 위아래로 잡고 놓아주지 않는 두 중년 사내에게 시선을 준 이들은 일제히 다시 고개를 돌려 자기들 하던 일에 열중했다.

"홍개 어르신, 유청이도 돌아온 좋은 날이니, 좀 참으시지요."

마봉구가 험상궂은 얼굴에 어색한 미소를 그리며 홍개를 다독였다.

"내가 왜 참아!"

유청이 돌아온 거랑 나랑 무슨 상관이냐며 마음에도 없는 소릴 버럭버럭 질러 대던 홍개는 청운자의 곁에서 그의 편을 드는 유태를 보고는 가슴에 불이 붙는다.

"못돼 먹은 늙은 도사라도 제 자식 가르치는 스승이라며 저토록 공경하는 사람도 있는데, 자네는 뭔가. 자네는 날 먹다 버린 개뼈다귀로 아는 게지?"

청운자를 향했던 화살이 애꿎은 마봉구 쪽으로 돌아가 마구잡이로 꽂힌다.

"그, 그럴 리가 있겠습니까!"

마봉구가 기겁했다.

"흥! 됐네, 됐어!"

홍개가 두 팔로 주위를 뿌리치며 휑하니 안으로 들어가 버린다.

"홍개 어르신, 정말 아니라니까요!"

그 뒤를 마 장주가 쫓는다.

"쯧, 쯧. 나이를 저만치 먹고도 아직도 주책이 하늘을 찌른다니까."

청운자가 강퍅한 얼굴에 주름을 잡으며 혀를 찼지만, 그래도 친구라 마음이 쓰인 탓에 목영과 함께 홍개를 달래려고 들어갔다.

그들이 움직이자 다른 이들도 새로운 구경거리를 쫓아 우르르 안으로 밀려들어 간다.

결국 정문 앞은 썰렁해지고, 진유청과 진호철, 그리고 도첨만이 남았다.

뭐가 어찌 돌아가는 건지 정신이 하나도 없던 진호철이 한숨을 푹 쉰다.

그러고 나니 함께 마차를 타고 와 마지막에 내렸던 단리상단주에 대한 생각이 떠오른다.

고개를 좌우로 돌려 주변을 살피던 진호철은 자신들은 모르는 사람인 척하며 멀찍이 떨어져 서 있던 단리종과 눈이 마주친다.

"흠, 흠."

단리종은 헛기침을 하며 먼 산을 보는 걸로 상황을 모면하려 했다.

그 모습을 보고 있노라니, 진호철은 자신이 왜 그리 흥분했나 싶어지며 열기가 확 식어 버린다.

그는 아들의 양어깨를 잡고 있던 손에서 힘을 뺐다.

쿠웅!

아버지의 손에 의지해 상체를 완전히 기대고 있던 진유청은 갑작스레 몸이 자유로워지며 허우적대다 머리통을 바닥에 찍는다.

"아버지!"

진유청이 원망스런 눈으로 진호철을 바라보지만, 그에게도 할 말은 있었다.

"아들아, 네가 놓으라고 하지 않았느냐. 잘 생각해 봐라."

진호철은 자기 잘못은 없다는 듯 손을 털고, 단리종과 함께 진가장 안으로 걸어 들어간다.

이제 진유청과 그의 다리를 구명줄이라도 되는 양 꼭 쥐고 놓지 않는 도첨 두 사람만 남았다.

도첨을 물끄러미 바라보던 진유청이 끙끙거리며 상체를 일으켜 좀 더 가까이 얼굴을 마주하게 되자, 둘 사이엔 더욱 어색한 기류가 흐르기 시작한다.

"……고생하십니다."

왜 하는 건진 모르겠지만, 어쨌든 도 문주가 고생을 하고 있는 건 사실이지 않나.

덕분에 자신까지 안 해도 될 고생을 하고 있긴 하지만…….

누군가 말했단다. 죄는 미워해도 사람은 미워하지 말라고.

진유청은 그 말을 떠올릴 때마다 너무 웃기지도 않아서 헛웃음조차 나오지 않았다.

대체 그런 말을 한 사람이 누구야!

죄가 죄를 짓나? 아니잖아?

사람이 죄를 짓는 거다. 죄는 그냥 죄일 뿐이라고.

죄는 저질러지기 전까진 존재하지도 않는 건데 말이다.

사람이 죄를 만든다.

그러니 애꿎은 죄를 미워하지 말고, 죄지은 놈을 미워하자.

그게 옳다.

죄를 지었으면 미워하고, 괴롭히고, 대가를 치르게 해야 한다.

그리고 자신이 쌓은 업을 내려놓을 수 있을 만큼 정당한 벌을 받은 자가 있다면, 그때는 다독여 감싸 줘야지.

세상 이치는 그렇게 돌아가야 하는 거다.

만약 도첨이 예전에 처음 봤을 때처럼 재수가 없었으면, 진유청의 성격상 벌써 난리가 났을 거다. 하지만 그러지 않고 참은 것은, 현재 도첨의 얼굴에서 고생한 티가 너무 팍팍 나고, 그의 행동에서 간절함이 묻어 나왔기 때문.

진유청이 보기엔 그는 그가 저지른 만큼 돌려받은 듯 보였다.

그러니 도첨은 이제 진유청에게 재수 없는 아저씨가 아니라 그냥 아는 동네 아저씨다.

아는 동네 아저씨한테 다리 좀 잡혀 주고 있는 게 뭐 대순가?

닳는 것도 아니고 맘대로 잡으쇼.

진유청이 넓은 마음으로 도첨을 품으려는 찰나, 도첨이 진유청의 다리를 끌어안았던 팔을 풀고 몸을 일으키며 흙을

탈탈 턴다.

그리고는 진유청의 어깨 위에 손을 올린 뒤 말했다.

"너도 고생해라."

게다가 그 말을 끝내자마자 다른 사람들이 그런 것처럼, 진유청만 남겨 두고 안으로 휙 들어가 버리는 게 아닌가.

혼자 덩그렇게 남은 진유청은 자신이 왜 이러고 있게 된 건지 원흉을 떠올리고 눈가를 씰룩인다.

볼에 덕지덕지 붙은 심술은 자꾸 빵빵하게 부풀어 오르는데…….

"안 들어갈 거냐? 여기 유청이, 너의 집이다."

안쪽 저편에서 도첨이 진유청을 향해 손짓하고 있다.

아저씨가 언제부터 나랑 이름을 부르고 손짓을 하는 사이가 됐어요?

아무래도 도첨은 진유청과의 사이에서 새로이 업을 쌓기로 작정이라도 한 듯싶은 것이…….

왠지 속에서 울컥하고 뭔가 솟구쳤지만, 그렇다고 틀린 말을 하는 것도 아니지 않나.

진가장이 저 동네 아저씨네 집이 아니고 자신의 집인 건 확실하다 못해 당연한 사실이니까 말이다.

신경질이 확 나자 다시 가출해 버릴까 싶은 마음도 들었으나, 한순간 선택을 잘못하여 대가리로 막을 수 있는 걸 온몸을 던져 막아 내고 싶진 않았다.

그리고 그보다 더 큰 이유는 유청이가 자신의 집을 너무 좋아한다는 사실이다.

그냥 좋아하는 것도 아니고 아주 많이 좋아해서, 이 좋은 집을 두고 또 척박하고 메마른 바깥세상을 떠돌 마음은 눈곱만큼도 없었다.

집 떠나면 고생 아니겠는가.

집에선 배고프면 밥 주고, 졸리면 재워 주고, 어리광을 부리면 자기들이 더 좋아하면서 뭐든 해 주려 드는 아버지와 형님이 있다.

자신이 뭐 그리 잘나고 대단하다고 밖에 나가서도 집에서 받는 대우를 받을 수 있을 거라 생각하겠나.

어림 반 푼어치도 없는 소리다.

결국 진유청이 얼굴을 구긴 채로 삼 년 만에 진가장 문턱을 넘어선다.

한데 그가 집 안으로 들어서자마자 갑자기 주변이 왁자지껄 소란스러워지며 진가장의 식솔들이 쏟아져 나왔다.

"우리 막내 도련님이 돌아오셨다!"

왕노가 빗자루를 든 채로 덩실덩실 춤을 춘다.

어이쿠, 그러다 허리 다치면 어쩌려 그래, 왕노?

내가 그 나이 때는 젓가락 손에 드는 것도 조심해야 한다고 그렇게 누누이 잔소리를 했건만.

"다신 그렇게 못된 짓 하지 마세요, 이 유모는 심장이 내려앉을 뻔했답니다."

어린아이를 품에 안은 채 한 손으로 눈물을 찍어 내는 유모의 얼굴은 어머니가 된 뒤 더욱 따뜻해진 것 같다.

"우리 도련님, 많이 자라셨네."

집안 가득 퍼지는 웃음소리와 온기.

물론 저 깊숙한 안쪽에서 이쪽을 마주 보고 주먹을 쥔 손을 마구 흔들어 보이는 거지 할아버지를 비롯해서, 다른 분들의 번쩍거리는 눈빛이 좀 부담스럽긴 했지만…….

아, 돌아왔구나. 진가장, 내 집으로…….

진유청의 얼굴에 미소가 번졌다.

"아아, 머리가 두 배는 커진 거 같아요."

진유청이 제 머리를 두 손으로 부여잡고 괴로워한다.

"그 정도면 많이 봐준 거다."

홍개가 고소하다는 듯 입꼬리를 슬며시 치켜들며 말했다.

"봐주긴요! 꿀밤 열 대를 두 대로 깎기까지, 얼마나 치열한 접전이 있었는데요!"

그냥 덜 맞을 수 있었던 게 아니다.

진유청은 정말 할 수 있는 한의 모든 조건을 걸고 흥정의 기술을 발휘하여 일 인당 두 대씩만 꿀밤을 때리는 걸로 합의했다.

아씨, 자신의 나이가 몇 살인데, 아직도 꿀밤을 때리겠다고 저리 난리를 치며 줄까지 서서 두들겨 대는 건데?

자신은 또 꿀밤 좀 맞기 싫다고 이리저리 용을 쓰며 빠져나가려 들고.

하아! 나, 이제 어른이 되기로 했는데, 이래도 되는 거 맞아?

그건 그렇고, 어쨌든 따질 건 따져야지!

진유청이 홱 고개를 돌려 도첨을 노려본다.

"아저씨, 아니 문주님은 왜 어르신들 줄 서 있는 데 같이 서 있다가 때린 거예요!"

자기랑 상관도 없으면서.

하도 맞아서 정신이 한 개도 없을 때 일어난 일이라 미처 방비를 하지 못한 게 천추의 한이다.

두고두고 잊지 않겠다고 다짐하는 진유청에게선 찌질한 기운이 넘쳐흘렀다.

"너무 그러지 마라, 저 사람이야말로 네가 돌아오길 가장 바라 마지않았을지도 모르니."

홍개가 웬일로 도첨의 편을 다 들어준다.

아무래도 그렇게 유청이가 걱정되면, 녀석이 돌아올 때까지 여기서 기다려도 된다며 반협박을 하여 눌러앉게 만든 장본인으로서의 자각이 눈곱만큼은 있었던 모양이다.

홍개나 다른 이들은 도첨이 분명 다른 꿍꿍이가 있을 거라 여겨 그를 놓아주지 않고 진가장에 둔 채 감시한 거다.

도첨은 섣불리 얘기를 꺼냈다간 상황이 어떻게 변할지 몰라 진가장주인 진호철이 돌아오기만 기다렸다가, 그가 도착하자 자신이 겪은 일에 대해 말했다.

도첨이 보기에도 진호철은 성품이 털털하고 강직하기에, 어쩌면 끊임없이 의혹을 사고 큰 문제로 야기될 수 있을지도 모를 이번 일을 있는 그대로의 진실만 봐줄 거라 믿은 듯하다.

그토록 진호철을 싫어하면서도 다른 모든 이에겐 하지 않은 말을 할 정도로 신뢰한다는 게 이해하긴 어려웠으나, 본인이 그렇다고 하니 그런가 보다 할 뿐이다.

"그러니까요. 저분이 왜 그랬냐 이거죠. 진짜 한밤에 갑자기 나타나 진가장을 뒤집어엎으라는 생면부지 사내의 말만 믿고 그런 일을 저질렀단 말이에요?"

"아니면 저 사람이 정말 너의 가출 소식에 놀라고 걱정이 되어서 한달음에 진가장으로 달려온 것 같으냐?"

진호철이 넌지시 던진 말에, 순간 진유청이 할 말을 잃는다.

그리고 이내 말을 바꿨다.

"……전자로 하지요."

생면부지 사내가 사주를 한 거란 얘길 믿기로 한 것이다.

적어도 도첨이 진유청을 걱정하여 진가장에 왔다는 얘기보다는 훨씬 현실적이고, 있을 수도 있을 만한 얘기였으니.

도첨의 안색이 헐쑥해지는 것이, 아무리 있는 그대로의 일을 봐줄 거라 생각하긴 했어도, 이건 좀 너무하다 싶은가 보다.

하나 섭섭해하고 있을 틈이 없었다.

저 영악한 녀석이 또다시 입을 놀리기 시작했으니.

"그럼 대체 뭘 믿고 그 생면부지의 사내의 말대로 한 거예요?"

진유청이 질문을 다른 방향으로 바꿔 본다.

도첨은 얼굴이 시뻘게져서 쉽사리 입을 열지 못했다.

스스로 생각해도 대답할 말이 궁색했던 것이다.

그래도 소림 제자의 아버지라, 자신과 인연이 있다 여겼는지 목영이 그를 안쓰러워하며 나섰다.

"어서 대답하시게나. 중요한 일이네. 진가장을 노리고 있는 세력이 있어서, 그들이 자네를 이용한 거라면, 우리가 알아야 하지 않겠나."

도첨은 진가장이 뭐 그리 대단하여 이들을 노리는 세력이 있고, 소림이나 개방 같은 거대 문파의 장로들이 어째서 신경을 써 줘야 하냐고 되묻고 싶었다.

하나 저들이 그렇다는데 어쩌겠는가. 자신은 지금 저들의 말에 반발하거나 성질을 부릴 수 있는 처지가 아니었다.

"저는…… 저와 비령문을 남몰래 흠모하는 이가 있어서, 제가 진가장과 사이가 좋지 않은 걸 알고 좋은 정보를 알려 주려 한 게 아닐까 생각했었습니다.”

더는 쪽팔릴 것도 없으니 진실을 말한다.

한 문파의 문주가 눈물 콧물 다 짜면서 빌빌거리며 진가장 바닥을 기어 다녔으니, 어차피 끝장 아닌가.

비웃음이 터져 나와도 도첨은 주눅 들지 않고 감수하리라 생각했다.

그럼에도 절로 붉어지는 얼굴과 가늘게 떨리는 눈가까지 어찌할 순 없었지만.

그런데 주위가 조용하다.

한바탕 소란이 일 줄 알았지만, 전혀 그렇지 않았다.

“그 사람, 누군지 몰라도 참 나쁘네요. 도 문주님이 사람이 좋아 남의 말을 잘 믿는 걸 알고서, 이용한 거군요.”

오히려 도첨의 마음을 헤아려 상처를 덮어 주는 이까지 있었으니.

그게 자신과 자신의 아들을 나락으로 떨어트려 끝도 없이 증오했던 다섯 살짜리 꼬마 아이가 자란 모습이라는 게…….

“괜찮아요, 도 문주님. 사람이 실수할 때도 있는 거지요. 저도 가끔 크게 사고를 쳐서 아버님과 형님을 곤란하게 해 드릴 때가 있답니다.”

머릴 긁적이며 얘기하는 진유청을 바라보는 도첨의 눈동자가 잘게 떨렸다.

아아, 그런 눈으로 보지 마세요. 예쁜 아가씨도 아니고 동네 아저씨가 말이야.

진유청이 남몰래 입맛을 다시며 슬쩍 고개를 돌린다.

가끔 그럴 때 있지 않나?

비웃음당할 걸 빤히 알고 얘기하면서도, 누군가는 자신의 편을 들어주고, 누군가 단 한 명만이라도 웃지 않았으면 하고 바라게 될 때.

스스로는 각오하고 하는 말이라 생각하지만, 막상 차가운 시선이 자신에게 내리꽂히고 여기저기서 조소가 들려오면, 온 얼굴이 새빨개지고 심장이 터져 나갈 것처럼 뛰게 된다.

그냥 나가서 콱 강물에 뛰어들어 죽어 버릴까 하는 생각까지 들지.

어떻게 그렇게 잘 아냐면, 진유청 자신이 경험했던 일들이니까.

나쁜 짓을 해 놓고 후회하며, 이번만 무사히 넘어가게 해주면 착한 사람이 될 게요, 라곤 해도 글쎄…….

조용히 넘어가게 되는 일도 드물 테고, 잘 넘어간다고 꼭 착한 사람이 되는 건 아니지만…….

그래도 생각했다.

누군가 한 명쯤 자신의 편을 들어주었다면, 그 한 번이 조용히 잘 넘어가 후회를 가슴에 새겼다면, 혹시 정말 착한 사람이 될 수도 있지 않았을까 하는 상상을.

동네 아저씨가 자신과 같은 생각을 했을지는 확신할 수 없지만, 억지로 당당하게 고개를 들고 아무렇지도 않게 말하면서 눈가를 떨었다. 다 큰 어른이 곧 울어 버리기라도 할 것처럼.

이젠 재수 없는 아저씨라 생각지도 않고, 동네 아는 아저씨가 사람을 죽이거나 자신들에게 큰 피해를 준 것도 아닌데, 이 정도는 해도 괜찮겠지 싶었던 거다.

물론 자신이 그렇게 하려 했던 것과는 별개로 여기 있는 다른 이들 중 아무도 도첨을 비웃거나 손가락질한 이가 없다는 건 진유청에게도 좀 의외이긴 했다.

흔치 않게 좋은 사람들이다. 자신의 과거엔 한 명 만났을까 말까 할 정도로 마음이 깨끗한 사람을, 지금은 떼거지로 대면하고 있다.

이런 사람들이 자신의 저번 삶에선 왜 그렇게 못되고 이기적이었던 건지 모르겠다.

뭐, 이분들만 그랬겠나. 자신도 지금과는 전혀 다른 개망나니였었으니.

다시 태어나서, 만약을 만약이 아닌 걸로 만드는 거…….

세상을 확 바꿀 순 없어도, 나를 바꾸고 내 주위가 변해가는 걸 지켜보는 거, 참 행복한 거다.

진유청이 맑은 눈으로 사람들을 바라본다.

주는 만큼 받는다. 세상에 공짜는 없다.

대신, 물질적인 게 아니라 마음을 주면 몇 배로 돌아온다.

무엇에 더 가치를 두느냐에 따라 세상은 달라진다.

진유청에게서 풍기는 청량한 기운이 주변으로 퍼져 나갔다.

"오랜만인 거 같군."

청운자가 강팍한 인상을 너그럽게 풀며 중얼거린다.

홍개나 목영과는 달리 그는 무림맹 총회에 동행하지 않아서, 꼬박 삼 년 만에 유청이를 본 거니 감흥이 더했다.

썩어 빠진 무림학관에 갔다가, 가출을 감행해 북경까지 다녀오는 길이니, 저 아이가 어찌 변했을까 속으로 걱정하지 않았다면 거짓말이다.

유청이만큼은 아니지만, 선기를 조금이나마 품고 태어나는 아이들이 아예 없는 건 아니다.

한데 그 아이들 대부분이 자라면서 가진 걸 잃는다.

나이를 먹는다는 게 세상의 이치를 어기는 일은 아닐진데도 말이다.

"우움, 어쨌거나 진가장 혹은 우리 형님을 노리는 나쁜 놈이 있다는 거네요?"

진유청이 사람들의 주의를 환기시키며 이야기로 돌아간다.

안 그랬다간 계속 이렇게 묘한 분위기 속에서, 말똥말똥 서로 얼굴을 바라보고 있어야 할지도 모른다는 불안감에 휩싸인 거다.

"한데 각 문파의 장로님들이 진가장에 있는 걸 몰랐어요? 그렇게 포부도 당당히 진가장 정문을 발로 차셨다는 걸로 봐선."

"나는 몰랐고, 아마 그 사내도 몰랐던 것 같다. 알았으면……."

알았으면 자신이 여기 와서 이런 꼴이 돼 있겠나.

뒷말은 도첨의 입안에서 씹혀 목구멍으로 쑥 넘어갔다.

"우리가 와 있는 건, 아마 소문이 별로 안 났을 게다."

진가장 자체가 워낙 많은 이들이 드나드는 곳이어서 누가 와도 티가 별로 나지 않는데다가, 세 장로는 진가장에 온 이후 이곳에 머물며 거의 바깥출입을 한 적이 없기 때문이다.

홍개가 진유청에게 하는 말에 청운자도 동의했다.

워낙 바람처럼 떠도는 일이 많았고, 제자를 들인 후엔 제자에게 무공을 가르치느라 문파 내에서도 움직이는 일이 적었으니, 자신들에게 특별히 관심을 갖고 있지 않았던 이상은 일부러 찾아내긴 어려웠을 터.

"그럼 정말 진가장만을 노린 일이군요."

진유청이 걱정스레 말한다.

"진가장이 다른 이들에게 피해 준 게 없는데, 어째서 이런 일이 일어났는지."

진호철은 이 사실을 심각하게 받아들였다.

동심회 소속 인물들은 절대 이런 일을 벌일 리가 없고, 동심회에 속하지 않은 이들이라 해도 단 한 번도 차별한 적이 없었기에, 이렇게 불미스러운 일이 벌어진 게 이해가 안 됐다.

진호철은 혹시 자신이 부덕하여 자신도 모르게 누군가를 상처 입힌 건 아닌지 돌아본다.

"꼭 무슨 잘못을 하거나 피해를 입혀야 미움을 사는 건 아닐세. 자네도 알지 않나."

진가장의 비상을 질투하고 못마땅하게 여기는 이들이 찾아보면 적지는 않을 것이다.

청운자가 진호철이 혼자 상념에 빠지는 것을 막아선다.

"문제가 일어났을 때, 현인은 자신을 돌아보고, 범인은 남의 탓을 한다고 했습니다만, 아버님께선 한 사람의 개인이 아니라 동심회 회주시잖아요."

진가장에 문제가 생기면 여파가 동심회 전체에 미칠 터.

자신의 잘못을 돌아보는 건 좋은 자세지만, 그보다 더 시급한 게 자신과 자신을 따르는 이들을 위해 원인을 찾아 제거해야 하는 것이 동심회주의 위치인 것이다.

"그렇지. 유청이 네 말이 맞구나."

진호철이 고개를 끄덕인다.

도첨은 두 부자를 보며 부러움이 샘솟았다.

저 어린 나이에 제 아비를 깨우쳐 주고 힘을 북돋워 주다니.

세상에 저런 아이가 얼마나 있을까?

설마 많은 건 아니겠지?

그렇다면 자신에겐 너무 사랑스럽지만 모자란 것 투성이인 자신의 아들인 양기는 앞으로 어찌 살라고…….

"걱정 마십시오. 저런 녀석은 세상에 유청이 하나밖에 없습니다."

한 아이의 아버지라는 같은 입장에서 도첨의 근심을 읽을 수 있었는지, 곁에 있던 마봉구가 도첨을 향해 나직하게 속삭인다.

도첨은 마봉구의 아들이 개방 장로 홍개의 제자가 됐다는 얘길 들었었다.

준수한 얼굴에 깔끔한 성격을 가진 오검문주 유태의 자식은 청운자의 제자가 됐다지?

무엇보다 그 둘은 다른 제자가 없이 온전히 저 하나만 귀히 여기고 아껴 주는 스승을 만났다.

소림 고승의 밑에서 수학하지만, 정식 제자도 아닌 기명제자로 들어간 자신의 자식과 비교하면 앞날이 뻥 뚫려 있는 것과 다름없었다.

처음 시작점에선 자신의 아이가 분명 앞서 있었는데, 어느 순간 차이가 확 벌어진 것이다.

……저들의 아이가 진가장을 제집처럼 누비며 유청이와 친구가 된 후부터겠지.

도첨 자신이 고집을 꺾고 진가장과 친분을 쌓아 갔다면 어땠을까?

지금과는 사뭇 다른 상황을 맞이할 수 있었을까?

사람들이 유청이에 대해 뭐가 될지 모르겠지만 분명 크게 될 아이라 얘기했을 때, 도첨은 코웃음을 쳤다.

도통 이해가 안 되는 게, 공부도 안 해, 무공도 싫어, 대체 무엇으로 큰사람이 된단 말인가?

한데 지금은 알 거 같다.

유청이 저 아이는 같이 있는 사람을 빛나게 해 주는 재주가 있었다.

그걸 자신만 너무 늦게 깨달은 거다.

도첨의 어깨가 축 늘어졌다.

第四章

몰려드는 사람들

"조용히 처리하려 했는데, 좋지 않게 됐군."

진가장의 일에 대한 보고를 받은 염창명이 눈살을 찌푸린다.

화산파 대장로는 별일 아닌 걸로 치부하여 관심을 가지려고 하지 않지만, 직접적으로 일을 처리해야 하는 그의 입장에선 난처하기 짝이 없었다.

연이상단에선 자신들과 연관된 무림 문파에 많은 투자를 했다. 그러니 무림 문파들은 그들이 바라는 것에 대해 들어줘야 할 책임이 있다고 볼 수 있다.

한데 무림 문파들은 상인의 돈을 우습게 아는 건지, 아니면 뒤에 황제란 뒷배가 있는 연이상단의 활동 폭이 오히려 다른 상단에 비해 적을 거라 여기는지, 제대로 대가를 치르려 들지 않았다.

돈이 주는 달콤함에 흠뻑 빠져 일은 이리저리 잔뜩 벌여 놓고, 이러다 연이상단과 틀어지기라도 하면 당장 제자라도 팔아 돈을 충당해야 할 지경이면서 말이다.

아무리 염창명 자신이 관직에 있다가 문제를 일으켜 퇴물이 됐다 하나, 이제 와 이런 일로 머리를 싸매게 될지는 몰랐다.

연이상단은 출신의 대부분이 황궁에 속한 이들이기에, 각 무림 문파에 드나들며 일 처리를 하기엔 곤란한 점이 많았다.

그렇기에 그들은 염창명 같은 이들을 골라 연이상단과 무림 문파 사이에 가교가 되게 했다.

관직에 있었으니, 여타 상단과는 돌아가는 흐름 자체가 다른 연이상단 내의 일에도 밝고, 과거에 앉아 있던 직위가 높아 무림 문파들도 함부로 대하진 않을 거란 그들의 생각이 아예 틀린 건 아니었다.

하나 완전히 연이상단 소속이 아니다 보니, 무림 문파들에 영향력을 행사하여 일을 처리하기도 곤란할 뿐더러, 연이상단에선 그들 나름대로 계속 염창명을 압박해 오고 있었다.

연이상단 소속의 윗선에 화산파에서 자신의 말을 들어주

지 않는다고 거듭 보고해 봤자, 자신의 무능을 드러내는 걸로밖엔 보이지 않을 거다.

처음 이 일을 시작할 땐 워낙 조건이 좋은데다, 드디어 자신을 알아주고 대우해 주는 곳을 만났다 여겨서 두말하지 않고 수락했건만, 이제 보니 그다지 좋은 선택은 아니었던 거 같다.

간혹 자신을 감시하는 시선이 느껴지고, 행동 또한 자유롭지 못하니 더욱 그렇다.

이젠 늦었다 싶어 빠져나가려 해도, 너무 깊숙이 관여하게 되어 저들이 놓아주지 않을 거란 걸 알았다.

목숨이나마 부지하려면, 어쩔 수 없이 해야만 하는 일이 된 것이다.

"하긴, 나 같아도 그러겠네. 정파 무림맹 소속 문파들 중에서도 제일 대단하단 사람들이 밑의 사람들을 시켜 산적 노릇을 하고 있다는 게 알려지면, 그야말로 평지풍파가 일 게 아닌가."

무림 문파들이야 자기들이 직접 관여한 게 아니고, 제자를 보내어 산적들을 가르치고 그들의 일을 돕는 정도이니, 후에 발각되어도 어떻게든 발을 뺄 수 있지 않을까 생각하고 있겠지만, 연이상단이 그렇게 호락호락하진 않을 거다.

같이 알려지면 둘 다 죽을 테니 한 놈이 배를 내밀며 마음대로 하라고 한다고 해서, 다른 놈이 오냐오냐 해 줄 거라 여기는 자체가 말이 안 된다.

무림인들에겐 그렇게 하는 것이 당연한 거고, 그렇게 하여 이득을 본 적이 많을지 모르지만, 그게 관리들에게까지 통할 거라 여겼다면, 그들은 한참 잘못 생각하고 있는 거다.

염창명 또한 관리였었지만, 관리들에겐 하나 더하기 하나는 둘이다. 어떤 상황에서도 거기에 대한 해답이 영이나 셋은 될 수 없었다.

그렇듯 많은 관리들이 정해진 틀에 집착하고, 자신의 옳고 그름을 신념처럼 떠받들어 고집스럽게 지킨다.

무림인들이 하나를 포기하지 않으면 하나마저 잃을 거라 외친다 해도, 관리들은 하나에서 하나를 빼면 영이 돼야 하니, 차라리 손에 쥔 걸 놓아 버릴 가능성이 농후했다.

"하아. 이 일을 어쩐다."

염창명이 손등을 이마에 얹으며 의자에 깊숙이 등을 파묻는다.

자기 혼자 고민해 봤자 어차피 해답도 나오지 않지만, 그렇다고 가만있을 수도 없는 노릇이고.

"진가장에 대한 정보를 기반으로 한 내 판단이 틀렸다면, 그곳을 직접 건드리는 건 일단 보류해야겠군."

확실히 원인을 알 수 없다면, 한번 찔렀다 실패한 곳을 재차 공략하는 건 시간 낭비라고 생각했다.

"그러면 남은 건, 진가장의 첫째를 직접 제거해야 하나?"

피를 보지 않고 일을 처리하려고, 진이현보다는 진가장을 얻어 그의 행동에 제약을 두려 한 계획이 틀어졌으니, 이젠 과격한 방법밖에 남지 않았다.

한때 관리였고, 무림의 일과는 전혀 연관이 없었던 그가 무림인들을 상대하려니 머리에 쥐가 난다.

"화산파 대장로는 펄펄 뛰었지만, 진가장 첫째가 검기를 사용할 수 있다는 소문이 신빙성이 있다고 하던데……. 아무나 보낼 수도 없고……."

염창명은 과거부터 현재에 이르기까지 자신이 가진 인맥을 한 명 한 명 떠올려 본다.

그리고 결국, 썩 마음에 들진 않았으나 무공이 고강한데다 자신이 부탁을 하면 거절하기 어려울 사람 한 명을 골라낸다.

사실 염창명이 무림에 발을 디딘 지가 오래되지 않아 아는 이가 그리 많지도 않으니, 이 이상의 선택은 없을 것 같았다.

"문제라면 그가 화산파 사람이라는 건데. 화산파 대장로가 알면 난리가 날 텐데 말이야."

잠시 더 고민을 하던 염창명이 어쩔 수 없다는 듯 결정을 내렸다.

"필요할 때 쓰려고 그동안 그토록 뇌물을 바쳤던 거니까, 그 정도야 알아서 처리하겠지."

염창명이 머릿속에서 꼬리를 물고 이어지는 생각의 끝을 잘랐다.

☯ ☯ ☯

진유청이 침상에서 뒹굴뒹굴 몸을 굴린다.

"너무 잤더니 허리가 다 아프네."

내 소중한 허리, 아껴 줘야 하는데.

허리를 손으로 콩콩 두들긴 뒤 기지개를 쭉 펴는데, 몸 여기저기서 우득우득 뼈마디 부딪치는 소리가 들렸다.

"역시 집이 최고라니까."

자다가 지치면 눈을 뜨고 천장을 바라보며 뒹굴거리다가 또 잠이 들고, 그러다 배가 고프면 유모가 한상 거하게 차려 와서 손수 밥까지 떠먹여 주려 한다.

만약 정한수가 옆에 있었다면, 누워서 자다가 욕창에 걸리는 놈을 생애 최초로 볼 뻔했다느니 어쨌다느니 잔소리를 늘어놓았겠지만, 진유청 자신에겐 너무나 만족스러운 시간이 아닐 수 없었다.

"니가 나 데려갔으면 어쩔 뻔했니, 하늘아."

자신의 방 천장을 바라보고 있노라니 우화등선을 가장해

골로 갈 뻔했던 기억이 새록새록 떠올랐다.

"유청아, 아직도 자느냐?"

밖에서 홍개의 목소리가 들린다.

"일어났어요!"

진유청이 상체를 벌떡 일으켜 침상에서 내려와 밖으로 나갔다.

"……다행이구나."

대답에 앞선 침묵이 좀 길었다.

홍개는 자신도 거지이고 게으른 편이었지만, 유청이만큼은 아니었다. 저만큼은 하래도 좀이 쑤셔서 못 할 듯했다.

홍개는 항상 진유청이야말로 거지가 될 팔자를 타고났다며 탐을 내곤 했지만, 이번 기회에 새로운 깨달음을 얻었다.

"저건 거지도 못될 팔자야."

아무리 거지라도 저렇게 게으르고 저렇게 잠만 처잘 수는 없을 거다.

매일 자고 뒹굴 거리느라 시간을 보내면, 동냥은 누가 하고 밥은 어찌 먹겠어.

저건 가만히 있어도 등 따시고 배부르게 살 수 있는 왕후장상의 씨앗이나 타고나야 할 팔자다.

게다가 저러면서도 진가장의 사랑을 독차지하고, 누구하나 눈살 한 번 찌푸리는 이가 없는 걸로 봐선…….

"천운을 타고난 게지."

세상 모든 거지들이 부러워하고 또 부러워할 천운인 것이다!

"거지 할아버지, 못 뵌 사이 노망이라도 드셨어요? 웬 혼잣말을 그리 중얼중얼하시는 거예요?"

진유청이 홍개의 얼굴을 빤히 올려다보며 묻자, 홍개가 인상을 와락 쓰려다가 일단 참는다.

"사람들이 기다리고 있으니 가자꾸나."

홍개가 진유청을 데리고 후원으로 향했다.

"무슨 일 있어요? 다들 이렇게 모여 있게."

진유청이 고개를 갸웃거린다.

자신이 아는 동심회 회원들이 대부분 있는데다, 도첨까지 가장자리에 서서 어설픈 미소를 흘리고 있지 않은가.

"진가장에 위해를 가하려 했다는 사내에 대해선 알아낸 게 없고, 네 형이 언제쯤 올까 싶어 내가 걱정을 좀 했더니만, 나를 위로해 주시겠다고 이렇게들 모이셨구나."

진호철의 말에 유청이가 속으로 혀를 찬다.

그냥 대낮부터 술이나 한잔할까 한다고 하시면 될 걸 갖고, 저리 길게 얘기를 하실 것까지야.

"저는 왜 부르셨어요?"

혹시 자신에게도 술 한잔 주시려고?

다섯 살 이후 입에 대보지도 못한 술이 아닌가!

진유청이 눈을 빛내는데, 진호철의 목소리가 들려왔다.

"너도 진가장에 무사히 왔으니, 이제 어르신들께서는 각 파로 돌아가고 싶어 하시는 것 같아서 인사를 하라고 부른 게다."

"돌아가요?"

진유청이 섭섭하다는 듯 눈을 게슴츠레하게 뜨고 장로 셋을 바라본다.

"나도 유청이 너와 조금 더 있고 싶지만, 우리 진호가 사부 없이 개방에서 혼자 외로워하고 있을까 봐 걱정이 되니, 어쩔 수가 없구나."

"……개방 방주님이 진호까지 채 가 버릴까 봐 걱정하시는 게 아니고요?"

진유청이 어깨를 으쓱거리며 되묻는 말에 홍개의 얼굴이 붉으락푸르락해진다.

"사람이 자기가 있어야 할 자리를 너무 오래 비우면 안 좋은 법이다."

"호선이 데리고 가시기 전엔 옥으로 만든 산통을 옆구리에 끼고 천하가 좁다 하며 유랑하셨던 분이, 에이! 핑계가 너무 약하시다."

진유청이 손사래를 치며 말하다가 쿵 하고 머리를 쥐어 박힌다.

"욘석이! 어르신들 앞에서 너무 까부는구나! 섭섭한 마음이야 알지만, 저분들이 얼마나 바쁘신 분들이신데 계속 잡아 두려 하는 게냐. 그동안 널 기다려 주신 것만 해도 깊이 감사드려야 할 일이지."

아버지의 말이 전적으로 옳다는 건 알고 있지만, 진유청으로서는 비를 피할 우산은 많을수록 좋은 법이 아닌가 싶은 거다.

진유청은 과거의 생과 현재의 생을 통틀어 진이현이 화내는 걸 단 한 번 봤다.

진유청 자신이 열 살이 됐을 때 무림학관에 가겠다고 고집을 부린 날 말이다.

그걸 제외하면 진이현은 과거엔 무표정한 얼굴로 화조차 내지 않고 아예 진유청의 존재를 부정하는 듯 굴었고, 지금은 너무 잘해 주고 다정하여 화를 내는 일이 극히 드물었던 것이다.

그러니 진유청은 가출 사건으로 인해 잔뜩 화가 났을 형님에게 뭐라 해야 할지, 어떤 얼굴을 하고 있어야 할지 감도 잡히지 않고 걱정만 태산 같았다.

진유청은 이현 형님에게 미움받고 싶지 않았다.

그러니 자신의 우산이 돼 줄 이가 한 명이라도 더 필요했다.

어색한 분위기가 조금이라도 덜하면, 화를 내기 전에 기분을 풀어 드릴 수 있지 않겠나.

게다가 우산이 되어 줄 이들이 진이현이 공경하여 예를 표하는 이들이라면 더 좋을 테고.

……우산 자체에 구멍이 좀 나 있긴 하지만, 설마 그렇다고 해서 이현 형님이 화내시는데 옆에서 부추기지는 않겠지.

“저 때문에 오신 분들인데, 얼마 뵙지도 못했는데 가신다니 너무 서운해서 그래요.”

진유청이 고개를 푹 숙였다.

“얘…… 얘가 왜 안 하던 짓을 하고 그래!”

홍개가 질색을 한다.

“다들 바쁘신 분들이니 다음에 또 뵈려면 언제가 될지…….”

진유청이 슬쩍 눈을 들어 올리며 눈초리를 바닥을 향해 축 늘어트렸다.

“네가 그렇게 섭섭해하니 발걸음이 안 떨어지는구나. 나는 며칠 더 머물도록 하마.”

유청이의 진면목에 그를 극히 아끼는 목영이 첫 번째로 미끼를 물었다.

진유청이 속으로 쾌재를 부른다.

앗싸! 두 명 남았다!

“진호가 사부님을 많이 기다릴 테지요?”

유청이가 한숨을 푹 쉬자, 마봉구가 나선다.

"웬만하면 조금만 더 있다 가시지요. 우리 진호, 그렇게 약해 빠진 녀석이 아닙니다."

제 가슴을 쿵쿵 내리치며 자신 있게 말하는 마봉구가 홍개의 눈엔 어찌 그리 얄미운지.

"저도 자식 놈의 사부님이신데, 하남까지 오신 분께 대접을 제대로 못 한 거 같아 사실 마음이 계속 쓰였더랬습니다."

"끄응. 자네까지 그리 말하니 어쩔 수 없군."

"감사합니다, 어르신. 제가 잘 모실 테니 이번엔 마가장에서 머무셔야 합니다!"

마봉구가 헤벌쭉 웃는다.

이제 한 명이 남았으니, 유청이가 시선을 청운자 쪽으로 옮긴다.

호진이네 아버지는 마 장주님처럼 쉬이 나설 분이 아닌지라, 청운자를 직접 공략해야 했다.

한데…….

"알겠다."

청운자는 짧고 간단하게 바로 허락했다.

가장 어려울 거라 여겼건만, 완전 의외가 아닌가.

진유청이 눈을 깜빡이며 고개를 갸웃거리자, 청운자가 뜸 들이지 않고 그의 궁금증을 풀어 준다.

"어차피 네 녀석이 어떻게든 고집을 부리고 수를 쓸 텐데, 나 같은 늙은이가 어찌 당해내겠느냐. 그냥 왕노와 함께 며칠 바둑이나 더 두며 쉬다 간다 생각하면 되겠지."

하긴, 그러고 보면 청운자 어르신은 보기보다 포기가 빠르고 깔끔한 분이긴 했다.

"이거, 작별 인사를 하려 했는데 며칠이 더 연장됐으니, 오늘은 좋은 분들을 더 볼 수 있게 된 축하주를 나눠 마셔야겠습니다."

진호철이 피식 웃으며 말한다.

하여간 유청이 이 녀석은 고약한 너구리다.

요 녀석이 대체 무슨 꿍꿍이로 어르신들을 잡아 두고 있으려 드는 걸까?

진호철의 작은 너구리는 어찌나 음흉한지 그 속내를 아비인 자신도 알기 어려웠다.

그때 유청이가 진호철의 소맷자락을 잡아당긴다.

왜 그러느냐는 눈으로 그가 아들을 내려다보자, 유청이가 입술을 달싹였다.

"형님이 오실 때가 되지 않았어요?"

뭐라는지 잘 들리지 않아 진호철이 무릎을 접고 키를 낮춰 유청이의 입술에 귀를 갖다 댄다.

"우리 다 같이 마중이나 나갈까요?"

"이현이 말이더냐?"

"네. 형님께서 저에 대한 연락을 받은 금오상단 지부가 어딘지 단리 상단주님이 들으셨다고 하던데……. 거기서 하남까지 오는 길은 제각각이겠지만, 하남성 입구까지 들어오는 길은 어차피 몇 갈래 안 될 거 아니에요."

그렇긴 했다. 거기다가 금오상단에서 들어온 정보를 맞춰 보면, 대충 정확한 길을 알 수 있을 것 같기도 했고.

"이현이가 빨리 보고 싶은 게로구나."

유청이가 갓 태어난 순간부터 지금까지 제 형을 어찌나 따르고 좋아하는지 잘 알기에 진호철은 이상하게 생각하지 않았다.

"네! 형님도 보고 싶고, 집까지 오는 동안 어떻게든 화도 좀 풀어 드리고 싶고요."

이 말도 물론 사실이긴 했지만, 그보다는 각 장로들이 후에 딴소리를 하며 내빼지 못하도록 못을 박으려는 의도가 컸다.

며칠 더의 기준이란 상당히 모호하지 않은가.

하나 마중까지 나갔다가 마주치지 못하면, 아쉬워서라도 이현 형님이 돌아올 때까지는 진가장을 떠나지 못하지 않겠나.

진유청이 천진하게 눈을 깜빡거리며 하는 말에 진호철이 피식 웃는다.

뭐든 마음먹은 대로 해내는 녀석이 어찌 제 형이라면 이렇게 사족을 못 쓸까 싶은 거다.

"뭐? 이현이 마중을 가자고?"

얼핏 주워들었으나 제대로 맞춘 홍개의 물음에 진유청이 고개를 끄덕인다.

"다 같이 나들이 삼아 다녀올까요?"

안 그래도 이현이가 올 때가 됐는데 오지 않아서 걱정이 좀 되긴 했던 진호철은 반대할 이유가 없었다.

"나들이라……. 그러다 이현이와 마주치지 못하면 어쩌려느냐?"

"그럼 어쩔 수 없는 거지요, 뭐. 그냥 돌아와도 좋고, 아니면 모닥불 지펴 놓고 노숙을 하고 다음날 좀 더 멀리 나가 봐도 좋고. 그러다 다시 집에 와도 되고."

청운자의 물음에 진유청이 별거 아니라는 듯 말하며 흰 이를 드러낸다.

"제가 먹을 걸 준비하지요!"

사내답고 화통하며 진유청의 말이라면 하늘이 검다 해도 지금이 밤인가 보다 간단히 생각하고 믿어 버릴 마봉구가 한 손을 번쩍 든다.

마 장주님, 최고!

진유청이 속으로 엄지를 치켜들더니 은근한 어조로 진호철을 향해 묻는다.

"노숙하면서 모닥불 앞에 앉아 마시는 술이 그렇게 일품이라던데……. 아버님, 아버님이 아끼시는 그 술 있잖아요, 꽃향기 잔뜩 나는 거.”

“으응?”

갑작스런 진유청의 말에 진호철이 당황한다.

“왜 그거 있잖아요, 그 색깔 고운 자기에 금색 인주로 밀봉된 술 말예요. 겉에 붙어 있는 붉은 종이에 흰 꽃 그려진 그 술 말이에요.”

이건 뭐 이름만 말 안 했다뿐이지, 알 만한 사람은 다 알게 설명을 했다.

“……호, 혹시 천향주를 말하는 게냐?”

아주 귀한 술이라 홍개도 이름만 들어 봤던 거다.

“그게 천향주란 거예요? 이름은 저도 몰라요. 그냥 아버님이 좋은 술이라 하셔서 그런가 보다 한 거지요.”

거짓말은 아니다. 이번 생에선 알 일이 없었던 것이다.

자신은 술을 마시고 알기에는 너무 이른 열세 살이 아닌가.

다만 과거엔 꼭 한번 마셔 보고 싶었던 술이긴 했지.

진호철이 선물받은 천향주 한 병을 꽁꽁 숨겨 두고 있는 걸 알기에 진유청은 아낌없이 미끼로 던졌다.

어차피 자신은 한 방울도 못 마실 거, 뭐 어떤가.

아버지의 얼굴이 살짝 까매졌지만, 원래 베푸는 데 아까워하는 분은 아니시니 괜찮아질 거다. 아끼던 술이라 속은 좀 쓰리실 수도 있겠지만.

"자네, 천향주를 가져갈 텐가?"

홍개가 '가져가 줘, 제발 가져가 줘!' 하는 얼굴로 진호철에게 묻는다.

진호철은 차마 노인네의 일생 소원이란 그의 눈빛을 거절할 수가 없었다.

"……네. 다 같이 모닥불 앞에서 술잔을 기울이도록 하지요."

"좋군, 좋아! 자, 다들 얼른 준비를 하지 않고 뭐하나. 우리 마 장주, 자네는 얼른 가서 음식 준비를 하는 게 좋겠군. 천향주는 향이 진해서 양념이 강한 안주보다는 담백하여 주향을 헤치지 않는 걸로 준비해야 함세."

"알겠습니다, 제가 알아서 잘 챙겨 오도록 하지요."

의기투합한 두 사람이 두 주먹을 불끈 쥐며 타오른다.

모인 이들 중 가장 추진력이 빠른 둘이 서두르니, 어느새 나들이는 기정사실이 되고, 모닥불 앞에서의 노숙은 필수로 해야 할 다음 차례로 정해진다.

쩝, 나도 한잔했으면 좋겠구먼.

진유청이 입맛을 다시며 아쉬워하는데, 갑자기 귀가 아프다.

"아, 아버지! 귀 떨어져요!"

"안 떨어진다, 이 녀석아."

진호철은 아들의 오른쪽 귀를 세게 잡아 비트는 걸로 응징하여 쓰린 속을 풀어야만 했다.

☯ ☯ ☯

진이현 일행은 진가장에서 무슨 일이 벌어지고 있는지는 꿈에서도 생각지 못하고 서둘러 걸음을 옮기고 있었다.

"얼른 도착해야 따뜻한 물에 목욕을 할 수 있을 텐데."

오자경이 때가 꼬질꼬질한 자신의 모습을 내려다보며 한탄한다.

"아, 그러면 얼마나 좋을까요?"

모용운지도 바라 마지않는 바다.

"목욕의 묘미를 모르는 시커먼 사내 녀석들만 보다가, 모용 소저가 이렇게 내 섬세한 감성에 동조해 주니 참 즐겁습니다."

일전에 있었던 싸움 이후, 모용운지의 새로운 면에 호감을 가진 오자경은 그녀와 제법 사이가 좋아졌다.

"섬세한 감성 좋아하시네."

장웅은 자신을 광웅으로 만든 일로 인해 아직도 크게 마음이 상한 터라 말이 곱게 나가질 않는다.

"그래. 곰이 어떻게 사람의 감성을 알 수 있겠어. 이해한다."

생김새는 어디 가서 절대 빠진단 소리 듣지 않을 정도로 곱상한 오자경이, 하는 짓은 꼭 동네 파락호 같으니 이질감이 적지 않다.

하나 그 이질감은 불편함이라기보단 호기심으로 변하여 모용운지에겐 그리 나쁘게 느껴지지 않았다.

"얼마나 더 가야 하나요?"

두 사람이 또 아옹다옹하기 시작하자, 모용운지가 자리를 피해 진이현 옆으로 다가가 묻는다.

"조금만 더 가면 됩니다."

오자경이 그녀에게 마음을 조금 연 것처럼, 진이현도 이전같이 싸늘한 태도로 그녀를 배척하진 않았다.

"빨리 도착했으면 좋겠어요. 하남은 처음이기도 하고, 진 공자가 그리도 아낀다는 동생분도 보고 싶어요."

그녀가 설레는 목소리로 말한다.

"진가장에 도착하면 바로 북경에 있는 형부상서 댁으로 연통을 넣겠습니다."

진이현은 그녀의 얘기에 대한 대답 대신 다른 말을 한다.

원래 그렇게 하기로 돼 있는 거지, 굳이 진이현이 그녀를 잘라 내려는 건 아니라고 스스로에게 되뇌면서.

"진 공자님은 심술궂으세요."

모용운지가 새침하게 눈을 흘긴다. 그녀도 자신에게 이런 모습이 있는지 몰랐었는데, 해 보니 쉽고 재미있었다.

"심술궂다니요. 저 얼음덩이에겐 차갑다, 무섭다, 두렵다, 이런 말이 찰싹 달라붙지, 심술궂다 같은 말은 절대 어울리지 않습니다!"

뒤따르던 오자경이 완강히 부정하지만, 그녀는 진이현이 얼마나 심술궂은 사람인지 이미 확실히 경험했다.

생각해 보면 첫 만남의 틀어짐 이후 두 번째 만남까진 그는 정말 못된 사람이었지만, 창 아래를 내려다본 자신과 그의 시선이 마주쳐 세 번째 만남이 시작된 순간 이후부터…… 그는 그저 계속 모용운지 자신에게 심술을 부렸던 거 같다.

"동의하긴 싫지만, 그건 자경이 말이 맞는 거 같습니다."

왜 이 사람들은 진 공자와 죽마고우라면서도, 그가 얼마나 짓궂고 심술궂은 사람인지 모를까?

모용운지가 고개를 갸웃거리다 눈을 동그랗게 뜬다.

혹시 나한테만 심술을 부리는 건가?

모용운지의 눈초리가 상큼하게 추켜 올라간다.

사란 이모님 덕에 자신이 살갑지 않은 성격이 아니었다는 걸 알게 된 것처럼, 진 공자의 옆에 있으면 자신이 이렇게나 여러 가지 색깔로 변할 수 있다는 걸 깨닫게 된다.

그녀는 매일매일이 새롭고 즐거워졌다.

"진 공자는 내게만 심술을 부리는 거지요?"

그래서 이렇게 그를 슬쩍 찔러보고, 그가 미간을 찌푸리며 자신을 쏘아보는 데도 어깨를 으쓱거리며 뒷짐을 지고 걸음을 내딛을 수 있게 됐다.

용기가 생기고, 장난기가 늘어난다.

이 모든 게 그가 자신을 보는 눈빛이 이전처럼 차갑지 않기에, 몸이 굳고 마음이 얼어붙지 않아서다.

자신 혼자 만들어 가는 게 아니라 우리가 함께 만들어 가고 있다는 걸, 모용운지는 느끼고 있었다.

"빨리 가기나 하십시오."

진이현이 무뚝뚝하게 말하며 쌩하니 먼저 가 버린다.

"부끄러워하시는 건 아니죠?"

모용운지가 얼른 따라붙어 뒤에서 고개를 빼죽 내밀고 묻자, 진이현이 조금 놀라지만 이내 안색을 바로 하며 말한다.

"쓸데 없는 소리!"

하지만 그의 걸음이 좀 더 빨라졌다.

뒤에 남은 모용운지는 그의 뒷모습을 바라보다 입을 가리고 작게 웃었다.

"저럴 거면서 왜 그랬대."

오자경이 피부에 솟아오른 닭살을 벅벅 긁으며 장웅에게 말한다.

"원래 연애가 그런 거지. 밀고 당기고, 완전히 다른 사람처럼 변하게 하기도 하고."

"어쭈, 이 곰은 사랑도 해 본 곰인가 보네?"

많은 시간을 함께 보냈으나 이현이처럼 같은 하남성 내에 집이 있는 게 아니다 보니, 장웅의 개인 생활에 대해선 자세히 알지 못했다.

"설마 이 형님한테 말도 안 하고 아리따운 아가씨들과 친교를 맺었던 건 아니겠지?"

"형님은 무슨. 그리고 나는 아리따운 아가씨 '들' 은 필요 없다. 단 한 명, 내 사람만 있으면 되지."

장웅이 입꼬리를 비틀어 올리는데, 그 눈초리가 아무래도…….

"너, 너!"

오자경이 빽 소릴 지르지만, 장웅은 검지로 오른쪽 귓구멍을 파며 빠르게 앞으로 나아갔다.

"얼음덩이에 이어 곰한테도 지다니!"

오자경의 자존심이 와르르 무너져 내렸다.

"저들인가?"

진이현 일행이 지나가고 나서 한참 뒤, 두 명의 사내가 그들의 발자국이 찍힌 길 중앙에 나타났다.

"네, 여인은 처음엔 없었던 이이고, 그녀를 제외한 청년 셋이 현재 문제를 일으키고 다니는 이들입니다."

"염 대인이 내게 부탁할 만하군."

화산의 장로 중 하나인 심인학이 눈을 가늘게 뜨고 중얼거린다.

세 청년 모두가 또래의 대문파 제자들보다 뛰어난 수준의 무공을 지닌 것도 모자라, 그중 하나는 심인학을 감탄하게 할 정도의 기도를 갖고 있었다.

하지만 그렇다고 해서 심인학이 상대하기 어려울 정도냐고 묻는다면, 심인학은 당장 불쾌함을 참지 못하고 검을 뽑아 들 것이다.

심인학은 대화산의 장로들 중에서도 제법 검을 잘 쓴다고 소문이 난 중견 무인이었다.

제 또래보다 특출 나게 잘난 놈이 있다고 하더라도 심인학의 상대가 될 수준은 아니란 뜻이다.

"그런데 나와 내가 데려온 아이들로도 사냥을 하기엔 충분하다 못해 넘칠 텐데, 염 대인은 왜 이렇게 아랫놈들을 많이 붙였지?"

설마 자신의 실력을 의심해서가 아니냐고 묻는 심인학으로 인해, 사내가 식은땀을 흘리며 대답했다.

"장로님께 후에 불편한 일이 생기지 않도록, 저들에게서 화산의 흔적을 지우고 시체를 훼손하여, 다른 무림인 일행과 다툼이 일어 벌어진 사고로 위장하기 위해서입니다."

"아아, 그렇군."

심인학이 그제야 굳은 낯빛을 푼다.

"염 대인은 역시 생각이 깊군."

눈매가 가늘고 입술이 얇은 것이 교활한 인상을 풍기는 심인학이 팔짱을 끼고는 진이현 일행이 멀어진 곳으로 시선을 준다.

"언제 시작하면 되지?"

"장로님께서 편하실 때 시작하십시오. 저흰 그저 저들이 없어져서 연이상단의 행사에 더 이상 방해꾼이 나타나지만 않으면 됩니다."

"알았네."

심인학이 고개를 끄덕였다.

받은 게 있으니 뱉어야 할 때도 있는 법.

하나 순전히 자신의 의지로만 이곳까지 온 게 아니었던 터라, 심인학은 사실 속이 좀 꼬여 있었다.

"화풀이 상대로는 제격이겠군."

심인학이 옆구리에 차고 있는 검의 손잡이를 엄지로 슬쩍 밀어 올렸다.

第五章

꼬리 잡기!

따닥따닥 타오르는 모닥불에서 튀긴 노란 불꽃이 은은하게 어둠을 물리친다.

"하하하, 노숙이라니……. 정말 오랜만입니다!"

마봉구가 한껏 들뜬 목소리로 말한다.

"……이건 노숙이라기보다는 피난에 가까운 것 같은데."

청운자가 초를 좀 치긴 했지만, 크게 거슬려 하는 이가 없다.

사실 청운자의 말도 일리는 있었다. 위험을 피해 멀리 달아나고 있는 상태는 아니지만, 그와 흡사한 형태를 띠긴 했다.

진가장을 노리는 놈들이 있는데, 핵심 인물들이 자리를

비워도 되겠냐는 걱정이 대두되자, 나들이 준비가 멈춰지고 사람들이 걱정을 했다.

왠지 처음부터 크게 당긴 건 아니었지만 못 가게 될지도 모른다니 더 아쉬워지는 게 인지상정이었다.

모두가 손을 놓고 입맛만 다실 때, 진유청이 그러면 식솔들과 유모까지 다 함께 나들이를 가자고 제안했다.

그러면 진가장이 텅텅 빌 텐데, 어쩌려고 하냐는 물음에 진유청이 고개를 갸웃거렸다.

적들이 집을 떠메고 갈 작정이 아니라면, 시비를 걸어도 받아 줄 사람도 없고 헤칠 사람도 없는 데 무슨 걱정이냐는 거다.

하남성에서 내로라하는 무인들이 모두 모인 나들이를 직접 습격할 리도 없을 테고, '무슨 문제야 있겠습니까' 하고 되묻는 유청이의 얼토당토않은 얘기에도, 이상하게 허점을 찾기가 어려웠다.

게다가 아직 진짜 문제가 일어난 것도 아닌데, 너무 과도하게 신경을 쓰고 움츠리고 있으면 그 또한 좋지 않다는 홍개의 조언대로 나들이가 감행됐다.

아무래도 홍개는 나들이를 가지 못하면 천향주를 마실 수 없을 거란 걱정으로 평소완 달리 강하게 주장을 펼친 것 같지만 말이다.

어쨌거나 들어 보니 그럴싸했고, 다른 동심회 회원들도

이번 기회에 바람 한번 쐬기 어려운 자신들의 식솔들에게도 좋은 추억을 만들어 주겠다며 적극 동조하였다.

“이 산이 다 우리 거 같군.”

그리하여 현재 청운자의 눈앞에 우스우면서도 정겨운 광경이 펼쳐지게 된 거다.

워낙 높고 큰 산인지라, 이만한 일행이 편히 머물 공터가 있어 다행이었다.

애를 들쳐 업은 아낙들이 만들고 있는 음식을 주변에서 구경하는 아이들의 입에 쏙 넣어 주고, 호위 무사나 제자들은 돼지 오줌보로 만든 공을 차며 내기를 한다.

혼인 이후엔 바깥일에 얼굴을 내미는 일이 드문 각 가문이나 문파의 안주인들까지 모여 웃음꽃을 피우니…….

“흥겨운 잔치입니다.”

오검문주 유태가 은은한 미소를 머금고 주변을 돌아보고 있다.

하루 쉬고 싶은 이들은 따라오지 말고 쉬라 했고, 하남성 입구에서 크게 멀지 않은 곳이니 아낙들과 아이들은 밤이 늦기 전에 무사들을 딸려 산 아래로 내려보내기로 했다.

성안으로 들어가면 친한 이들끼리 머물고 싶은 곳에 머물라며 모임에 참석한 주인들이 흔쾌히 집을 개방했으니, 누구는 즐겁고 누구는 일만 하는 고된 잔치가 아니라, 다 같이 추억을 만들 수 있는 하루가 될 터였다.

"도련님, 야채도 많이 드셔야지요!"

"유모는 딸내미 젖도 안 주고, 계속 나한테 잔소리만 할 거야?"

"도련님께서 계속 그러시니 우리 미옥이도 밥을 못 먹는 거 아니에요!"

"……유모가 변했어, 흑!"

진유청이 먹기 싫은 야채 반찬에 젓가락을 들이민다.

포근하고 따뜻하기만 하던 유모가, 혼인을 하고 아기도 낳고 나니 목소리가 커졌다.

물론 지금도 밥 먹기 싫다고 생떼를 쓰거나 벌렁 드러누워 다 귀찮다고 하면 밥을 입에 넣어 줄 정도로 지극 정성인 건 똑같지만…… 그래도 하나씩 잔소리가 늘어나는 것이다.

"챙겨 줄 때 먹어라. 늙으면 잔소리해 줄 사람도 없다."

홍개가 젓가락을 입에 물고 하는 말에 진유청은 왠지 거지 할아버지가 불쌍해 보인다.

역시 남자는 나이 들면 제자나 자식보단 마누라가 최고인 건가?

진유청이 자신의 아버지를 돌아본다.

"왜? 오랫동안 혼자인 진 장주가 새삼 불쌍해 보이냐?"

홍개의 말에 진유청이 콧방귀를 뀐다.

"우리 아버님이 왜 불쌍해요. 거지 할아버지와 다르게

마누라도 둘이나 있던 분인데!"

진유청의 출생에 대해 익히 들어 아는 홍개라 기겁한다.

"유, 유청아!"

자신이 괜한 말을 하여 유청이의 상처를 건드린 게 아닌가 싶은 거다.

사실 주변에서 왁자지껄 대화를 나누던 이들도 마른침을 꼴깍 삼키며 눈동자를 또르르 굴려 진유청을 응시하고 있었다.

진유청이 미간을 찡그린다.

자신의 나이가 몇 개인데, 아직도 그런 게 상처일 거라 생각하는 건지, 쯧.

하나 달라진 게 있다면…….

과거 다섯 살 때의 어머니란 존재는 자신을 낳았을 뿐 자신에게 아무런 감흥도 주지 못하는 남과 다르지 않았지만, 지금은 낳아 준 사실에만큼은 감사한다는 거다.

그러니 이렇게 편하게 입에 올릴 수 있게 된 거고.

여전히 찾고 싶다거나 보고 싶다는 생각은 개미 오줌만큼도 들지 않지만, 그냥 어디선가 잘 살길 바란다.

진유청 자신이란 존재를 잊고, 죽기 전일지라도 소식을 전하지 말기를.

"당장은 좀 그렇지만, 제가 좀 자라서 아버님 손이 덜 가게 되면, 그때쯤 괜찮은 아주머니 있으면 한 분 소개나

해 주세요."

진유청이 어깨를 으쓱거리며 하는 말에 멀찍이서 귀 기울이고 있던 진호철이 주먹을 불끈 말아 쥐는 게 보인다.

"아버님께서 그 주먹으로 절 쥐어박으시면, 나중에 아버님이 어떤 여자분을 데려와도 다 괴롭히고 들들 볶아서 진가장에 못 계시게 할지도 몰라요!"

진호철이 흠칫하는 게 보인다.

이거, 이거…… 아버지도 외로우셨던 거 아냐?

설마, 아버지 성격에 형님과 자신 몰래 숨겨 둔 여인이 있으실 거 같지는 않고…….

너무 잘난 자식을 키우느라 뼛골이 다 삭으셨을 울 아버지. 새 장가까지 자신이 신경 써 드려야 하나 싶은 것이…….

"그러게 거지 할아버지는 다 늙어서 왜 갑자기 마누라 생각이 그렇게 간절해지셔서, 어린 저까지 머리 아프게 만드시고 그래요!"

주변의 시선이 진유청에게서 홍개로 옮겨 간다.

……홍개 어르신이 장가가 들고 싶으셨던 건가?

그래서 얘기가 그렇게 이어졌던 거고?

"아, 아니야! 난 그런 말 한 적 없다네. 오해하지 말게나들!"

"늙으면 잔소리해 줄 사람도 없다고 입맛을 쩝쩝 다셔

놓고서.”

옆에서 툭 끼어드는 이 소악마!

“자꾸 말 돌리지 말고, 야채 드세요, 도련님!”

유모만이 꿋꿋하게, 분위기에 절대 휩쓸리지 않은 채 결국 진유청의 입에 야채볶음을 집어넣는 데 성공한다.

홍개가 유모를 새삼스러운 눈으로 바라봤다. 저 소악마도 못 이기는 대단한 여장부가 아닌가.

“그 으흉하 누길 치우세여!”

진유청이 입안 가득 들어차 있는 야채 볶음을 우물거리며 홍개에게 외친다.

으, 음흉한 눈길?

홍개가 식겁하여 고개를 휙 돌린다.

아니야, 나 절대 그런 적 없다고!

주변에서 날아드는 따가운 시선을 부정하며 홍개가 주름진 얼굴을 붉혔다.

“내가 말이야, 끅! 거지 팔자가 쉬운 건지 알아? 끄윽! 나도 한때는 꿈과 낭만이 있는 거지였다고! 알아?”

아낙과 아이 들이 돌아간 뒤 벌어진 술판에서 홍개가 크게 취해 술주정을 한다.

진유청은 자신이 홍개를 너무 골려 먹었나 싶어 찔끔하여 그의 빈 잔에 직접 술을 따라 줬다.

쪼로록!

은은히 퍼지는 꽃향기가 코끝을 간질인다.

"캬아, 이 향, 정말 죽이는구나!"

홍개가 한입에 술을 털어 넣는다.

진호철은 마른침만 꼴딱 삼키며 점점 더 줄어드는 천향주를 아쉬운 듯 바라본다.

하지만 진호철보다 더 속이 바짝바짝 타들어 가는 이가 있었으니…….

직접 손에 술병을 들고 있는 진유청이다.

어떻게 자신이 따라 주다가 아무도 모르게 한 잔 정도는 남겨서 혀끝은 대볼 수 있지 않을까 희망을 갖고 있었는데, 뭔 술이 이리 빨리 줄어드는지.

미리 독한 술로 입가심을 하고, 술판이 벌어진 지도 꽤 됐건만 아직 나가떨어지는 이가 없다.

"마셔, 마셔!"

"하하하, 홍개 어르신도 많이 드십시오!"

마봉구는 마냥 신이 나서 껄껄 웃으며 커다란 사발에 독한 화주를 그득그득 따라 마신다.

그는 향이 진한 술보다는 한입 털어 넣으면 밑에서부터 찌리릿하고 뜨거운 게 올라오는 독한 술을 더 좋아했다.

그러므로 진유청도 마봉구가 아주 좋아진다.

술을 입에 들이붓는 수준의 마 장주님은 화주를 즐기고,

도사 할아버지나 유 문주님은 술을 거의 입에도 안 댔다.

게다가 다른 분들은 거지 할아버지의 기세에 밀려 딱 한 잔씩 맛만 보고 이제 됐다며 물리니…… 거지 할아버지만 어떻게 잘 말리면 한 잔은 남길 수 있을 거란 희망을 품는 거다.

"유청아, 홍개 어르신께 안주 좀 더 꺼내 드려라."

"네, 아버님!"

아낙들을 호위할 겸 내려간 무사들에게도 넉넉히 돈이 든 주머니를 쥐어 주어 객점에서 재밌게 놀라 하고 보냈으니, 현재 모여 있는 이들 중 가장 어린 진유청이 잔심부름을 도맡아 해야 하는 처지다.

진유청은 유모가 잘 준비해 놓고 간 음식 꾸러미 사이에서 육포와 전을 꺼내러 가려는데, 홍개가 진유청이 들고 있던 술병을 향해 손을 뻗었다.

놀란 진유청이 황급히 몸을 돌리며 홍개의 손을 피한다.

"어엉?"

홍개가 눈을 끔뻑이며 진유청을 바라봤다.

자신의 손이 분명 금나수를 시전해 저 병을 잡았던 거 같은데?

아닌가?

스스슥!

홍개가 다시 한 번 손을 뻗어 부드럽게 진유청의 팔을 타고 휘감으려 하는데…….

“여기 안주요, 거지 할아버지.”

자신은 분명 진유청의 팔을 잡은 거 같은데, 마치 허공을 격한 것마냥 아무것도 쥐지 못했고, 진유청은 자유롭게 움직여 음식을 가져왔다.

“내가 취하긴 취했나 봐.”

홍개가 고개를 끄덕이며 스스로에게 중얼거린다.

“네, 많이 취하신 거 같아요.”

진유청이 긍정했다.

그러니 술은 이제 그만 드시지요.

“그래도 천향주가 있는데, 어찌 술을 그만 마실 수 있겠느냐, 그렇지?”

“그렇죠.”

진유청의 눈앞으로 술잔이 왔다 갔다 한다.

“어쭈, 어린 녀석이 술을 다 알아보네. 유청이 너도 한잔하겠느냐?”

“어르신, 유청이는 아직 너무 어리지 않습니까?”

“열세 살이면 벌써 사내지. 나도 열세 살 때 혼자서 개방에 들어가서 사형과 함께 몰래 사부님의 술을 훔쳐 마시곤 했었지. 그때 사부님이 사형과 날 두들겨 패면서 너네는 커서 뭐가 되려고 벌써부터 이러냐 하시기에, 우리가 거지가 거지가 되지 뭐가 되냐고 했더니 한숨만 푹푹 쉬시

더군.”

진유청은 왠지 그 사부님이란 분의 심정이 이해가 갔다.

하지만 이어지는 말은 반전이라면 반전이다.

“그래도 사형은 개방에서 제일 큰 거지인 방주가 됐고, 나는 중간 거지인 장로가 됐으니, 우리 사부님께서도 서운하시진 않을 게야.”

홍개가 개방 방주와 사형제지간이란 얘기는 처음 듣는 이가 많아 조금 놀란 기색을 띤다.

“흐응……. 그랬군요.”

진유청은 홍개의 말엔 전혀 관심이 없고, 그가 술잔을 자신에게 줄까 안 줄까에만 신경을 쏟는다.

“자, 받아라.”

홍개가 술잔을 건네주자, 진유청이 제 아버지 눈치를 보다가 덥석 손에 쥔다.

“내가 따라 주마.”

홍개가 술병을 진유청에게서 건네받아서 녀석의 잔에 한 잔을 채워 줬다.

“마셔 보아라. 술은 어른과 함께 있을 때 배워야지.”

진유청이 입술을 술잔에 대고 혀끝을 담가 본다.

캬아! 역시 이 맛!

진유청이 홀린 듯 술잔을 기울여 입안을 적신다.

아아아아아, 형님이 잘되면 곳간에 천향주를 가득가득

채워 달라고 졸라야지.

벌컥, 벌컥!

그때 진유청의 정신을 깨우는 추접스런 소리가 들려왔다.

눈을 반쯤 감고 있던 진유청이 소리가 들린 쪽을 바라보자, 허억!

이 거지 노인네! 이러려고 술을 따라 줬구만!

진유청이 찔끔찔끔 술을 따라 주어서 성이 안 차는데다 술병까지 뺏지 못하니 아예 꼼수를 쓴 거다.

"아아, 어지러워라."

진유청이 술 한 모금 마시고 휘청거리는 척하며 홍개 쪽으로 사지를 쫙 벌리고 나자빠졌다.

"으아아악!"

병이 바닥에 부딪쳐 와작하고 깨지는 소리와 동시에 홍개의 비명이 밤하늘에 쩌렁쩌렁 울려 퍼졌다.

다음 날 아침.

"끄으으응."

"끄으응?"

동시에 신음을 흘리며 눈을 뜬 두 사람은 모닥불 저 멀리 흙바닥에 대자로 뻗어 있는 자신들을 발견하게 된다.

먼저 정신을 차리고 몸을 일으키려던 홍개는 우득 소리와 함께 온몸이 쑤시자, 어젯밤 누군가 자신을 암습한 게 아닐까 하는 성급한 결론을 내릴 뻔한다. 옆에 누워 있는 진유청을 보기 전까진.

"괘, 괜찮냐?"

"거지 할아버지의 눈엔 이게 괜찮아 보여요?"

진유청은 봉두난발을 하고 초점이 탁 풀린 눈으로 하늘을 올려다보고 있다.

"어제 무슨 일이 있었지?"

홍개가 생각을 되짚는다.

술을 마실 때 내공을 운기하면 술에 안 취하고 술기운이 금방 희석되기에, 홍개는 술이 아깝다며 절대 그런 짓을 하지 않는 터라, 가끔 이렇게 기묘한 위화감 속에서 눈을 뜰 때가 없지는 않았다.

"거지 할아버지가 천향주를 깨 먹고, 저와 뒤엉켜 나빠지고, 화가 난다며 마 장주님이 가져온 화주를 단지째 퍼먹고, 뭐에 그리 꽁했는지 그걸 또 물이라며 제게 건네주시는 바람에……."

제 꼴이 이렇게 된 겁니다, 라는 진유청의 말에 홍개가 손으로 제 허벅지를 찰싹 내리치며 외친다.

"맞다! 유청이 너 때문에 천향주가 담긴 자기병이 깨지는 바람에 속이 부글부글 끓었었지."

명쾌한 설명이다.

진유청으로선 기가 막히다 못해 그냥 기절해 버리고 싶

을 만큼 신경질이 치솟았지만 말이다.

"깨어 났느냐? 일어날 수 있겠어?"

진호철이 다가와 진유청의 이마에 서늘한 손등을 댄다.

아버지인 자신도 생전 안 하는 술주정을 어린 아들이 두 번이나 하고 탈이 나니, 이거 참.

진유청이 꼼짝도 하지 못하고 골골거리자, 진호철이 아들을 안아 들려고 한다.

모닥불 가까이라도 눕혀야겠다 싶은 모양이다.

"꾸에에엑!"

진유청이 꺽꺽거리며 거세게 손사래를 쳤다.

"그, 그냥 누워 있을 게요. 건드리지만 말아 주세요."

진유청이 눈물까지 찔끔하여 웅얼거리자, 진호철이 혀를 찬다.

홍개는 차마 진호철을 볼 낯이 없어 먼 산을 바라보고 있고.

"해장이 될진 모르겠지만 간단한 국물을 끓였으니 한 사발 드시지요."

그런 홍개에게 진호철이 먼저 손을 내미니, 그는 역시 마음이 넓다!

"그, 그럴까?"

홍개가 반색하며 몸을 일으키다 말고 주저앉는다.

앉아 있을 때까지만 해도 그럭저럭 견딜만 했는데, 일어나려 드니 세상이 빙그르르 도는 게…….

"내공으로 주독 빼기 없기에요. 그건 천향주에 대한 모독이자, 세상 모든 주당들에게 손가락질받을 수치스러운 일이에요!"

진유청이 혹시나 싶어 홍개에게 못을 박는다.

자신만 혼자 술병에 걸려 괴로워할 순 없지 않겠나.

"그럴 거까지야……."

홍개는 진유청의 사나운 눈초리에 차마 말을 끝까지 할 수 없었다.

결국 홍개가 진유청 옆에 다시 벌렁 드러눕는다.

"아무래도 둘 다 정신을 차리려면 시간이 좀 걸릴 거 같으니, 주변 정리를 하고 기다리는 게 좋겠습니다."

진호철이 쓴웃음을 지으며 먼저 일어난 일행에게 상황을 전했다.

하늘은 맑고 구름은 바람에 밀려 천천히 움직인다.

따뜻한 해가 공기를 데우고 바람이 시원하게 느껴질쯤, 진유청은 다시 잠이 들었다.

"이제 다 왔군!"

이 산 하나만 넘으면 하남성으로 가는 길이 쭉 펼쳐진다.

"너, 진가장으로 가면 유청이 녀석, 꼭 혼내 줘야 한다."

오자경이 어깨를 제 손으로 툭툭 두들기며 진이현에게

말했다.

자신의 동생 같았으면 흠씬 두들겨 팬 다음, 빨랫줄에 널어놨을 텐데 아쉽다.

한 대 콱 쥐어박기라도 하면 속이 시원할 텐데, 이현이 저 녀석은 제 손으로 때리면 때렸지, 유청이가 다른 사람한테 맞고 들어오면 절대 가만있을 놈이 아니니…….

아무리 성격이 더럽고 이죽거리기 좋아하는 오자경이라 해도 유청이에 대해선 모험하고 싶지 않았다.

백이면 백, 결과가 빤히 보이는 일이라면 모험이라고 하기도 어렵겠지만 말이다.

"쉬지 말고 가자. 속도를 높이면 밤 늦게라도 진가장에 도착할 수 있을 테니."

진이현의 말에 일행이 동의했다.

그렇게 일행이 산을 오른 지 일각 정도나 지났을까.

낯선 중년의 사내가 나무 그늘 아래 있는 바위 위에 앉아 명상을 하고 있는 걸 발견했다.

일행은 최대한 사내를 방해하지 않으려 기척을 죽이고 그가 앉아 있는 자리를 빙 둘러 나아가려는데, 갑자기 진이현이 걸음을 멈췄다.

"왜 그래?"

오자경이 의아한 듯 묻자 진이현이 대답 대신 바위 위에 걸터앉은 사내를 응시한다.

직접적으로 말을 건 것은 아니지만, 저 사람이 진이현 자신을 부르고 있다는 건 확실했다. 그것도 좋지 않은 의도를 띠고서!

눈을 감고 있던 사내가 진이현의 시선을 느꼈는지 천천히 시야를 개방한다.

"역시 넌 느꼈구나. 네가 검기를 쓸 수 있다는 게 허풍은 아니었던 게군."

스릉!

맑은 쇳소리를 울리며 진이현이 검을 뽑아 들었다.

산길에서 처음 만난 사내가 자신에게 기의 파동을 보내고, 그것도 모자라 자신이 검기를 쓴다는 걸 알고 있다는 건 절대 우연일 수 없다.

"눈빛이 좋구나."

심인학이 바위에서 몸을 일으키며 말했다.

문제는 참 좋은 눈빛이긴 한데, 심인학 자신은 저런 눈빛을 아주 싫어한다는 거다.

곧고, 강하고, 뭐든 할 수 있을 것 같이 빛을 뿜어내는 눈을 보면 왠지 심기가 불편해졌다.

하지만 뭐 어떤가. 곧 꺼져 버릴 빛인 것을.

진이현은 심인학에게서 은은히 전해 오는 살기를 느꼈다.

대체 왜 처음 보는 사람이 자신과 일행의 목숨을 노리는 진 알 수 없지만, 지금은 그게 중요한 게 아니었다. 일단 목숨을 건져야 이유도 알 수 있게 될 테니.

심상치 않은 기운을 느낀 다른 친구들도 각각 무기를 꺼내 들고 주변을 경계한다.

"이런……!"

오자경이 자신들을 향해 죄어들어 오고 있는 인기척을 느꼈다.

그가 느낀 걸 진이현이 알아채지 못했을 리가 없다.

진이현이 한 걸음 뒤로 물러나서 오자경을 향해 속삭였다.

"기회를 봐서 달아나라. 저자는 내가 막으마."

"말도 안 돼!"

자신들에게 친구를 버리고 도망치라는 건가?

오자경의 얼굴이 불만으로 가득했고, 모용운지와 장웅도 진이현의 좌우에 버티고 서서 움직이지 않는다.

"가는 게 도와주는 거다."

진이현의 말이 옳다는 걸 안다.

여기 셋 중 그걸 모를 만큼 멍청한 사람은 없었다.

하지만…… 웬만해야 말이지.

거치적거려 봤자 도움이 안 될 거 같아 도망쳤다고 핑계라도 대려면, 자신들이 없어도 이현이 혼자 살아남을 수 있을 거란 실낱 같은 희망이라도 보여야 할 수 있는 거 아닌가?

한데 처음과 다르게 제힘을 완전히 드러내며 주변을 압박하는 사내는 너무 강했다.

지금 이현이를 두고 가는 건 그냥 너 혼자 죽으란 소리인 것이다.

"모용 소저, 뭐하십니까? 소저는 애초에 우리 일행이 아니지 않습니까."

꿈쩍도 안 하려는 친구들이야 어쩔 수 없다 쳐도, 모용운지까지 죽게 할 순 없었다.

"저 막 섭섭해지려 해요, 진 공자님."

모용운지가 처연하게 중얼거린다.

그녀라고 해서 왜 그의 마음을 모를까.

그녀도 모용세가에서 많은 고수를 만나 봤다. 심인학의 무공 수준을 읽을 순 없지만, 그에게서 느껴지는 위압감이 절대 평범한 수준이 아니라는 건 알 수 있었다.

현재 상황으로 일행 중 가장 무공이 강하고 침착한 진이현이 하라는 대로 따르는 게 가장 나은 방법이겠지만, 사람 사는 게 항상 그렇게 생각대로 되는 건 아니다.

지금만 해도 달아다는 게 최선일지는 모르지만, 스스로를 위한 최고의 선택이라 보긴 어렵지 않겠나.

"그러니 그런 말씀 마세요!"

양손을 날씬한 허리에 얹은 채 모용운지가 훈계조로 또박또박 말하더니, 이내 장난이라는 듯 싱긋 웃었다.

위험을 눈앞에 둔 이라고 보기엔 너무나 태연하여 오히려 진이현이 놀랐을 정도다.

타다다닥!

주변에 휘몰아치는 발자국 소리가 점점 더 가깝게 들리고, 예상보다 많은 수의 적이 매복해 있었음을 알게 된다.

"무엇 때문이지?"

진이현이 심인학에게 묻는다.

저 정도 되는 무공을 지닌 생면부지의 고수가 자신들을 죽이려 하는 이유를 도통 알 수가 없었다.

"너희가 젊은 나이에 너무 객기를 부렸기 때문이 아닐까?"

심인학이 둘러 말하며 흰 이를 드러낸다.

만에 하나라도 다른 의도가 있지 않을까 싶었으나…… 저자는 자신들 모두를 죽이려는 게 확실했다.

"날 두고 갈 수 없으면, 같이 가자. 대신 살아남을 수 있는 길이 보였을 땐, 절대 주춤거리지 않을 것. 어때?"

진이현이 장웅과 오자경을 툭 치며 속삭인다.

셋의 시선이 교차하고 동시에 고개를 끄덕였다.

진이현 혼자만의 희생이 아니라 공평하게 삶과 죽음이 갈리는 거라면, 굳이 다 같이 죽을 필요는 없다.

셋 중 누구라도 서로를 위해 목숨을 걸 수 있다. 그러니 누가 죽더라도 원망하지 않고, 누가 살아남더라도 괴로워하지 않을 거다.

"신호를 보내면 바로 내달리는 거다."

진이현이 당부했다.

이제 눈으로 확인할 수 있는 거리에서 포위를 시작한 적들이 네 사람을 중심으로 원을 그리며 좁혀 온다.

"인사는 끝났나?"

심인학이 물었다.

들리지 않을 거라 생각하고 목소리를 낮춘 건 아니니 상관없다. 오히려 자신들의 얘기에 사내가 귀를 기울여야 그의 공격을 한 박자 늦출 수 있기에 은근히 노렸던 수다.

긴장이 팽팽하게 당겨지며 침묵이 감도는 가운데, 심인학이 마지막으로 독을 뱉어 내려 입을 벌리는 찰나…….

"지금이다!"

진이현이 기운을 모으며 크게 외쳤다.

파바박!

오자경이 먼저 튀어 나간다.

장웅이 그 뒤를 쫓아 달려 나가는데, 왠지 모를 위화감에 고개를 돌렸다.

저 자식이!

"약속과 다르잖아!"

"모용 소저를 부탁한다!"

친구들과 미리 얘기했던 것과는 다르게 제자리에 그대로

서 있던 진이현이 모용운지를 장웅 쪽으로 밀쳤다.

그리고 한 팔을 뻗어 끌어올린 기운을 가볍게 내지른다.

퍼엉!

달려 나가던 자세 그대로 앞으로 쏠려 있던 장웅의 등을 때린 기운이 몸이 가려던 방향으로 쭉 밀어준다.

모용운지도 마찬가지.

퍼엉, 펑!

진이현에게 돌아가려던 그녀의 가냘픈 몸은 마음먹은 대로 움직여지지 않았다.

"돌아와 봤자, 이젠 정말 짐이다, 어서 가!"

함께 모여서 힘을 합쳐 대항한다면 모를까, 적들이 자신들과 진이현 사이의 벌어진 틈으로 밀려들어 시야를 완전히 단절시킬 정도가 되었으니, 이젠 정말 어쩔 수가 없게 됐다.

말하자면 자신들을 좁혀 오던 커다란 원이 오자경과 장웅의 이탈로 분열하여 세 개로 나눠진 거다.

맨 왼쪽 편 원엔 장웅 자신과 모용운지, 중앙엔 진이현, 그리고 오자경은 맞은편인 오른쪽 원 한가운데에 서 있었다.

그러다 보니 가운데 있는 진이현의 원엔 진이현을 마주 보고 있는 적들과 오자경과 장웅 쪽을 향하며 등을 보이고 서 있는 적들이 겹쳐지며 이루어진 두 겹의 방어 막이 생겨 버린 거다.

이 상황에서 자신들이 진이현에게 다가가기 위해 바동대면 댈수록, 두 겹의 방어 막이 짓이겨져 어떻게 움직일지 알 수 없게 되니, 오히려 진이현을 더욱 위험에 빠트리는 결과를 초래할 수 있었다.

게다가…… 장웅은 모용운지와 함께 있지 않은가!

장웅은 모용운지를 자신에게 맡긴 진이현의 뜻을 읽을 수 있었다.

"모용 소저를 안전한 곳에 놔둔 뒤, 돌아올게!"

장웅이 크게 외친다.

장웅과는 달려 나간 방향이 달라 반대편에서 적들에게 휘말린 오자경은 얼굴이 시뻘게져서 화를 낸다.

"진이현, 이 새끼! 너 진짜 내 손에 죽는다! 내가 웅이면 몰라도 정말 너한텐 쌍욕 한 번 안 했는데, 가만 안 둬!"

"안 죽도록 노력해 볼 테니…… 유청이를 부탁한다!"

적들로 인해 가려져 보이지 않는 뒤쪽에서 진이현의 목소리가 흐릿하게 귀로 파고들어 오자경을 울컥하게 했다.

저 새끼가 진짜!

안 죽도록 노력한다면서, 왜 지가 끔찍하게 생각하는 지 동생을 나한테 부탁한대!

거짓말쟁이 같으니라고.

같이 도망치기로 했으면, 그렇게 해야지.

왜 저 혼자 죽겠다고 난리야.

자신이 만에 하나 살아난다 해도, 유청이 그 녀석에게 어떻게 제 형을 사지에 놓고 혼자 도망쳐 나왔다고 말하란 말이냐!

유청이 녀석이 분명 내 목을 조를 거다, 젠장!

쉬익!

적의 검이 오자경의 상념을 방해한다.

채앵!

오자경이 눈에 보이지 않을 정도로 빠른 쾌검을 구사하여 적의 검을 쳐 냈다.

이제 돌아가려면 진이현 쪽을 막고 있는 이들과 자신을 막아서고 있는 이중의 방어를 뚫고 가까이 가야 하는데…….

만약 그렇게라도 해서 죽기 전에 이현의 얼굴 한 번이라도 제대로 볼 수 있는 거면 몰라도, 그러지 못할 거라면!

오자경이 진이현이 있는 곳과 반대 방향인, 원래 가려던 쪽을 향해 몸을 날린다.

챙, 채앵!

검이 사방에서 쏟아지지만 가볍고 민첩한 몸놀림으로 아슬아슬하게 피한 후, 앞에서 자신을 압박하는 적에게 검을 흩날린다.

"으아악!"

비명 소리와 함께 시야가 뚫린다.

그 좁은 틈으로 오자경이 적들과 어깨를 스쳐 지나며 빠져나갔다.

"잡아라!"

등 뒤에서 적들의 고함 소리가 터져 나왔다.

혼자 남은 진이현은 심인학과 마주 본 채 주위를 둥그렇게 감싸고 있는 적들의 살기를 혼자 감당해야 했다.

"용감하군."

툭 말을 내뱉는 심인학의 목소리가 시큰둥하다. 진이현의 선택은 그를 더욱 언짢게 만들었다.

진이현이 대답 대신 지면을 박차고 앞으로 뛰어나가 심인학을 향해 짓쳐 들었다.

채앵!

심인학은 진이현의 공격을 가볍게 튕겨 냈다.

"아무리 네가 가라고 했다지만, 주저하지 않고 도망친 걸로 봐선 저들도 네가 나를 이길 거라곤 생각지 않는 모양이다."

진이현은 침묵한 채 검의 방향을 바꾸며 심인학을 노려봤다.

"어차피 그런 일이 일어날 가능성 따윈 없으니, 저들의 선택이 옳긴 했지만……."

심인학이 말끝을 희미하게 끊으며 진이현을 둘러싸고 있는 이들을 향해 손짓을 한다.

타다다닥!

진이현을 둘러싼 원이 반으로 갈라져, 한 무리는 오자경이 사라진 곳으로 가고, 나머지 반은 장웅과 모용운지 쪽으로 이동한다.

"너는 나 혼자서도 충분할 것 같으니까."

혹시 나머지 녀석들을 실수로라도 놓치게 되면 타격이 클 테니, 미리 방비하는 거다.

"잡아라! 저쪽이다!"

멀리서 터져 나온 누군가의 외침이 긴 울림을 그리며 진이현의 귀까지 파고들었다.

그것 보라는 듯이 심인학은 가볍게 손을 풀어 검을 한 번 휘저은 뒤 진이현과 마주 봤다.

"결국 죽을 건데, 너무 힘을 빼진 말라고."

너와 네 동료들 모두에게 해당되는 말이라는 걸 심인학은 더 이상 말로 하지 않고 검으로 보여 줬다.

쉬이익!

심인학의 검에서 검기가 일렁이며 주변 공기를 밀어낸다.

"난 안 죽을 거다. 그러니 당신이야말로 검을 입으로 움직일 게 아니라면, 이제 그만 손을 쓰지그래?"

"이 애송이 녀석이!"

화산파 장로로서 이렇게 무례한 얘기를 들은 건 참으로 오랜만이었다.

자신이 저들의 목숨을 헤치려 들고 험한 소리를 내뱉었던 건 머릿속에 조금도 남아 있지 않은 심인학이 노기로 인해 몸을 부들부들 떤다.

진이현은 언젠가 동생 유청이가 가르쳐 줬던 잠 잘 오는 주문을 떠올리며 검을 잡은 손에 힘을 줬다.

그리고.

카아앙!

서로를 향해 달려든 심인학과 진이현의 검이 열십자로 교차하며 맞부딪쳤다.

쉭, 쉬익!

검과 검의 부딪침 대신 바람 가르는 소리만 요란하다.

오자경은 지독한 쾌검을 사용하여 적들의 요혈을 공격했다.

"으아악!"

저도 모르는 새에 가슴팍을 검에 관통당한 사내가 피를 뿜어내며 바닥으로 나동그라진다.

"장웅과 모용 소저는 어디로 갔을까?"

갈라져 쫓긴 이후 그들의 행방에 대해 알 도리가 없었다.

얼른 이들을 유인해서 멀찍이 떨어트려 놓은 뒤, 이현이에게 돌아가야 하는데…….

오자경의 마음은 조급하기 이를 데 없었다.

"죽어라!"

오자경이 자신의 옆구리를 찔러 오는 검을 가볍게 피하며 몸을 회전시켜 사내의 바깥쪽으로 크게 한 바퀴를 돈다.

그리고 사내가 몸을 틀기 전에 비어 있는 등을 향해 일검을 내질렀다.

푸욱!

두꺼운 살점이 헤집어지며 검이 밀려들어 간다.

오자경은 검을 쥔 손에서 느껴지는 감촉에 진저리를 치며 더욱 힘을 줬다.

어차피 죽여야 할 거 빨리 죽여주는 게 상대편은 육신의 고통을 덜 수 있고 자신은 심적인 부담을 덜 수 있으니 주저하지 않는다.

"다 덤벼, 개새끼들아!"

버럭 외치며 살기를 뭉클뭉클 피워 낸 오자경이 눈을 부릅뜬다.

그 때 무리들 중 깨끗하고 질 좋은 비단으로 된 옷을 입은 청년 하나가 나섰다.

그가 움직이자 주위에 있던 사내들이 분분히 물러나며 조심하는 걸로 봐선 신분이 범상치 않은 듯하다.

주의해서 살피니 저놈과 비슷한 복장에 다른 놈들보다

눈에 띄는 이들이 몇 더 있었다.

적들은 두 부류가 섞여 있는 듯했다.

수가 많고 무공이 좀 떨어지는 이들과 수는 적지만 무공이 강하고 신분이 높은 이들로 말이다.

청년이 오자경과 대치하며 말문을 연다.

"입이 더럽군."

오자경은 기가 막혔다.

"그럼 넌 입만 안 더러운 거냐?"

멀쩡히 길 가던 사람 뒤통수나 치는 주제에!

오자경은 말로는 질 위인이 아니었다.

청년이 눈썹을 꿈틀거리더니 잘 손질된 예리한 검끝으로 오자경의 심장이 있는 곳을 가리킨다.

"숨이 끊어져도 입을 놀리나 어디 두고 보지."

쉬이익!

청년이 검을 휘두른다.

킁, 킁!

오자경이 콧구멍을 벌름거린다.

아주 미약하지만 분명 어디선가 매화꽃 냄새가 바람결에 실려 왔다.

그가 다른 데 정신을 판 듯 허점을 보이자, 청년이 주저하지 않고 낮게 검을 찔러 넣는다.

"넌 아니야."

청년으로선 이해하지 못할 소리를 하며 오자경이 일부러 보인 빈틈을 지우며 반격한다.

"커헉!"

청년이 피를 토해 내며 바닥에 쓰러졌다.

청년을 힐끔 내려다본 오자경이 시선을 진이현이 있는 곳으로 돌렸다.

"설마 저기서 나는 건가……."

오자경의 얼굴에 걱정이 가득했다.

"화산인가?"

진이현이 입가로 흐르는 피를 손등으로 닦아 내며 중얼거린다.

"어찌 알았냐고 묻기엔 매화 냄새가 너무 짙겠군."

심인학이 한쪽 입꼬리를 비틀어 올렸다.

매화 냄새가 짙을수록 화산의 검은 정점에 가까워진다. 그러다 정점에 닿아 매화가 만개하면 매화꽃 향기가 안개처럼 피어오른다고 했다.

"당신은 악취가 난다."

심인학의 검에서 나는 냄새는 썩었다.

그의 번들거리는 두 눈엔 정심하게 무공을 익힌 자에게 있어야 할 곧은 심지가 보이지 않았다.

"쯧, 쯧. 데리고 놀며 화풀이로 삼으려 했더니만, 오히려 화를 돋우기만 하니 쓸모가 없구나."

심인학이 혀를 찼다.

뒤로 받아먹은 돈이 조금만 적었어도 이곳까지 와서 자신에게 없는 것을 지닌 저런 불쾌한 놈과 대면할 일은 없었을 것을.

검기가 일렁이는 검이 진이현의 가슴팍을 베어 갔다.

진이현은 재빨리 상체를 낮춰 바닥에 납작 엎드렸다가 재차 이어지는 공격에 바닥을 굴러 몸을 피한다.

푹, 푹!

심인학의 검이 진이현이 움직이는 방향에 맞춰 바닥을 내리찍었다.

채앵!

이대로는 안 되겠다 싶었는지 진이현이 날아드는 심인학의 검을 누운 자세 그대로 사선으로 올려친다.

그 뒤 생긴 작은 공백 사이로 몸을 일으킨 진이현이 반격에 들어갔다.

심인학은 진이현의 검을 막아 내며 조금 불안해졌다.

이 어린놈은 어째서 싸울 수록 힘이 빠지는 게 아니라 점점 더 강해지는 것이었다.

처음엔 별거 아니라 생각했고, 그 판단이 틀리지 않았었다.

한데 자신의 능숙한 검기를 자꾸 흉내 내려 들더니, 이윽고 조금씩이나마 닮은 모습을 보이는 게 아닌가!

물론 눈으로 보고 따라 한다는 게 절대 쉬운 일은 아니니, 기운이 꼬여 제대로 발휘하진 못하는 듯싶지만…… 그것만으로도 심인학이 살면서 본 적이 없는 인재였다.

결투 중에 적의 수법을 배워 자기 자신을 한 단계 성장시킬 수 있는 이를 뭐라 해야 하나?

진이현을 살려 뒀다간 두고두고 후환이 있을 거란 걸 예감한 심인학이 밑바닥 깊숙한 곳에 있는 힘까지 끌어올리며 전력을 다했다.

카앙! 캉!

검기로 둘러싼 검 두 개가 몇 번이나 부딪쳤다 튕겨 나간다.

진이현의 옷 여기저기에 날카롭게 베인 흔적과 함께 붉은 피가 스며 나온다.

"후우, 후우……."

진이현이 최대한 호흡을 고르려 애썼다.

진이현은 몸속의 기운이 흔들리며 고삐가 풀려 제 마음대로 사납게 날뛰는 걸 느꼈기 때문이다.

처음엔 그것을 제재하려 했으나, 심인학의 검을 막느라 잠시만 신경을 돌려도 모든 게 원점으로 돌아간다.

목숨은 경각에 달했는데 몸의 기운은 하나로 모아지지 않으니 애가 탈 만도 한데, 진이현은 당황하지 않았다.

쉬익!

검기를 뿜어내는 검이 이번엔 진이현의 배를 세로로 가르려 달려드는 걸 겨우 아슬아슬하게 피하며 뒷걸음질 친 그가 입술을 질끈 깨문다.

하나 여전히 기운은 원활하게 흐르지 않아 진이현의 검에 깃든 검기는 흐트러졌다 끊어지길 반복하며 사그라진다.

진이현은 필사적으로 생각했다.

그리고 자신이 이대로 죽으면 가장 슬퍼할 이들을 떠올린다.

아버님과 유청이, 그리고…….

그러고 보면 유청이 녀석이 잠 잘 오는 주문이라 얘기하며 적어 주었던 것이 기억난다.

마지막에 적혀 있지 않았던 그 주문에서 자신은 자신이 나아갈 길의 초입에 닿았다.

진이현은 유청이에게 그 끝을 묻지 않고, 자신이 자신의 발로 새로운 길을 만들어 나가겠다고 했었다.

진이현의 긴장했던 몸이 부드럽게 풀리자, 그가 지금껏 해 왔던 많은 것들이 자연스럽게 녹아들며 몸 안의 기운을 달래고, 익숙한 흐름으로 인도한다.

그는 한 번도 수련을 게을리하지 않았고, 한순간도 노력하길 멈춘 적이 없었다.

그것이 꽃이 되어 피어나는 순간이다.

급기야 진이현은 자신의 기운을 제재하던 모든 억압을 풀고 자유로이 놓아뒀다.

어차피 자신의 몸속을 내달리는 기운도, 그것을 억제하는 기운도 하나에서 시작된 자신의 것 아니겠는가?

“이제 죽어라!”

쉬이이익!

심인학의 검이 느릿하게 진이현에게 다가왔다.

분명 아주 빠른 속도일 텐데도 진이현에겐 너무나 느려 손끝으로 잡으면 멈출 수도 있을 것 같이 느껴졌다.

진이현이 심인학의 검에 자신의 검을 갖다 댄다.

쩌엉!

둔탁한 소리와 함께 갑자기 진이현의 눈앞이 밝아졌다.

“마, 말도 안 돼!”

심인학의 입을 쩍 벌리고 자신의 검과 진이현의 검을 바라본다.

검기로 둘러싸여 있던 심인학의 검이 반으로 쪼개져 있고, 그에 반해 진이현의 검은 멀쩡했다.

심인학도 놀랐겠지만, 진이현도 이게 어떻게 된 일인지 몰라 어리둥절한 건 마찬가지.

하지만 그렇다고 해서 빈틈을 내보이고 있는 적을 향해 검을 휘두르는 것까지 잊은 건 아니다.

스걱!

살점이 베이는 섬뜩한 소리와 함께 심인학의 목이 반쯤 베어졌다.

"마, 말도 안…… 크헉!"

심인학이 두 손으로 제 목을 부여잡더니 그대로 뒤로 넘어가 나동그라졌다.

퍼억, 퍽!

장웅은 손에 걸리는 건 다 부숴 버렸다.

그가 손을 움직일 때마다 뼈가 부러지고 살점이 뜯어져 피가 사방으로 튄다.

여자인 모용운지가 어깨를 나란히 하고 동료로서 함께 싸움을 하기에 가장 어려운 이가 장웅일 수밖에 없는 이유다.

"괜찮습니까?"

장웅이 모용운지의 안색을 살핀다.

"목숨을 구해 주었는데 이 정도가 무어 대수라고요. 전 신경 쓰지 마세요. 그리고 제 검도 그리 녹록치 않다는 거 잊지 마시고요."

모용운지가 장웅을 안심시키기 위해 희미하게나마 미소를 띠지만, 그녀의 온신경이 뒤에 두고 온 진이현을 향하고 있다는 걸 눈치 빠른 장웅이 모를 리가 없다.

"그 녀석은 괜찮을 겁니다."

"그래야지요……."

"저기, 커다란 나무와 돌 사이에 몸을 숨길 공간이 있습니다."

장웅과 모용운지가 비어 있는 틈에 몸을 끼워 넣고 나무 그늘 속에 움츠린다.

그들이 숨자마자 곧이어 발자국 소리가 들렸다.

"분명 이쪽으로 왔는데……."

코앞에 두 사람이 숨어 있을 거란 생각은 못 하고 대충 주위를 훑어본 청년이 눈살을 찌푸린다.

"그러게 말입니다, 저도 보긴 봤는데……."

뒤에 바짝 붙어 따라온 다른 청년이 한숨을 쉬며 말을 받는다.

"제기랄! 놓친 건가?"

청년이 발로 바닥을 쾅쾅 크게 구르며 제 분에 못 이겨 성질을 부린다.

"어쩌지요?"

"어쩌긴. 찾아야지. 나는 왼쪽으로 갈 테니, 너는 오른쪽으로 가라."

"네, 사형!"

두 청년이 양 갈림길에서 각자 다른 방향으로 찢어진다.

주변이 조용해지고 더 이상 인기척이 느껴지지 않자, 두 사람이 조심스레 밖으로 나왔다.

"아무래도…… 저 청년들 말이에요."

"모용 소저도 그리 생각하셨습니까?"

장웅이 검지로 볼을 긁적인다.

"왜 정파의 후기지수들이 우릴 공격하는 걸까요?"

모용운지도 장웅이 대답을 해 줄 수 있을 거라 생각하고 묻는 건 아니었다.

"일단 움직이는 게 좋겠습니다."

"어디로 가지요?"

"……하남성 쪽으로 갑시다. 모용 소저를 안전하게 숨겨 둘 장소를 찾아야 하니까요."

여차하면 하남성으로 들어가 진가장으로 달려가면 된다.

그렇게 되면 이현이를 구하기엔 너무 늦었겠지만, 그래도 이현이를 헤치고 돌아가는 놈들을 찾아 그 등짝에 묘비명을 새겨 줄 순 있겠지.

장웅이 주변을 살펴 길을 찾고, 모용운지는 또다시 예전처럼 슬픈 눈을 하고는 진이현이 있는 방향을 물끄러미 응시했다.

第六章

조우

"이제 가자. 곧 해가 질 거 같구나."

청운자가 진유청을 발끝으로 툭툭 차며 말한다.

"하지만 속이……."

"그 놈의 속이 진정되려면 내일 아침까지 우린 다 노숙을 해야 할 테니까, 좀 참아 봐라."

홍개가 옆에서 하는 말에 진유청의 눈이 게슴츠레해진다.

이 노인네가 정말! 내가 누구 때문에 이렇게 됐는데!

화를 내니 또 속이 울렁거린다.

"우욱!"

진유청이 헛구역질을 하며 켁켁거리기 시작하자, 진호철이 한숨을 내쉰다.

"조금만 더 기다렸다 가야겠습니다."

"그래야겠군, 별수 있나?"

함께 앓아누웠던 홍개는 반나절 만에 말짱해져서 마른 육포 조각을 입에 넣고 질겅질겅 씹는데…….

"하아, 모르겠다."

진유청이 다시 발랑 드러누워 골골거렸다.

한데 아까부터 자꾸만 이상한 기운이 온몸을 찔러 댄다.

산이 우는 것처럼 그릉그릉 울리고, 미미한 진동이 지면에 닿아 있는 몸으로 희미하게 전해지는 거다.

"대체 뭐지, 이건?"

진유청이 뒹굴거리며 고개를 갸웃갸웃 하다 금세 또 졸려졌는지 눈을 끔뻑인다.

속 안 좋을 땐 자는 게 최고다.

"저건 정말 어디서나 잘 자빠져 자는군."

거지인 홍개가 부러워할 정도로.

"자는 동안 조심스레 안고 내려가 볼까요?"

마봉구가 의견을 내자 청운자가 고갤 젓는다.

"저 녀석이 얼마나 예민한데 그러나. 자다 깨서 온갖 신경질을 다 낼 소악마를 감당할 자신이 있다면 자네가 안고 가게나."

청운자는 편히 쉴 만한 장소를 찾은 뒤, 나무 기둥 아래 엉덩이를 붙이고 앉으며 말했다.

"그냥 좀 더 기다리지요."

마봉구가 백기를 든다.

그렇게 얼마나 시간이 지났을까.

어슴푸레한 공기가 서서히 내려앉으려 할 때쯤, 진유청이 눈을 뜨고 상체를 발딱 일으켰다.

사람들은 제각각 모여 앉아 대화를 주고받거나 자연 속에서 명상에 잠겨 있거나, 모두 제 할 일에 열중하고 있다.

그런데 갑자기 홍개가 미간에 주름을 깊게 잡으며 접었던 다리를 폈다.

그리고 뒤이어 청운자와 목영이 그의 곁으로 간다.

"누가 온다."

그냥 지나다니는 사람의 기척이라면 알아서 걸렀을 세 사람이 심각한 얼굴을 하는 걸 보니 보통 일이 아닌 듯.

모여 있던 이들이 하나둘 일어나 제 무기를 점검한다.

"자네는 유청이를 어서 깨우게나."

홍개가 진호철에게 말하자, 진호철이 고개를 끄덕인 뒤 아들에게로 갔다.

"언제 일어났느냐?"

계속 자고 있는 걸 좀 전에도 확인했었건만.

"방금요. 이상한 소리가 들려서요."

진호철은 아무 소리도 듣지 못했건만…….

"응? 누구지?"

진유청이 뜬금없이 하는 말에 진호철의 눈이 커진다.

이 녀석, 정말 무슨 소리를 듣고 있는 건가?

"아무래도 내가 살펴보고 와야겠군. 병장기 부딪치는 소리를 보니 아마 근방에서 싸움이 일어난 모양이야."

제일 먼저 기척을 읽었던 홍개가 나선다.

혹시 무고하게 휘말린 이들이 있을까도 걱정이고, 만약 싸움이 번져 이곳까지 뒤엉키게 되면 문제가 커지기 때문이다.

홍개를 필두로 마 장주와 유 문주 두 사람이 돕기 위해 뒤를 따랐다.

한가로웠던 나들이의 끝자락이 갑자기 흠뻑 물에 적셔진 듯 푹 가라앉았다.

퍼억, 퍽!

살이 짓이겨지는 소리가 귀에 달라붙어 떨어지질 않는다.

장웅은 온몸에 피 칠을 한 채 숨을 몰아쉬고 있었다.

조금만 더 가면 하남성이다.

모용운지를 돌아보니 여기저기 다치고 찢긴 그녀의 얼굴에 지친 기색이 완연하다.

그녀는 잘 버텼다.

절대 짐이 아닌, 동료로서 장웅의 등을 지켜 준 거다.

"아악!"

그녀가 어깨를 검에 길게 베이며 뒤로 물러나다 발을 헛디뎠는지 바닥에 털썩 주저앉았다.

"이런!"

장웅이 재빠르게 다가가려 하지만, 적들을 헤치고 가기가 쉽지가 않다.

이동 중에 적들에게 발각된 이후 쫓아오는 이들의 대부분을 처리했는데도 불구하고, 새로이 나타난 한 떼의 적들로 인해 심신이 지친 상태였다.

모용운지는 자신을 향해 날아드는 검에서 눈을 피하지 않았다.

예전엔 그냥 숨을 쉬기에 살아가는 것보다는 이렇게 죽었으면 좋겠다고 생각할 때가 가끔 있었다.

지금이 꼭 그때는 아니지만, 그래도 자신이 인형이 아니란 걸 느낄 수 있었던 며칠이 있어 허무하진 않았다.

"무슨 일이오!"

갑자기 귓전을 때리는 노한 음성만 아니라면, 그녀는 어쩌면 입가에 미소마저 띠었을지도 모른다.

모용운지는 물론 장웅도 깜짝 놀라 눈을 휘둥그레 뜨고 소리가 들려온 곳으로 시선을 돌렸다.

"왜 이렇게 오래 걸리는 거지."

목영이 걱정을 한다.

청운자도 홍개를 찾아 나설 기세로 몸을 일으켰다.

하지만 그들이 움직이기 전에 홍개가 낯선 이들과 함께 돌아왔다.

“무슨 일인가?”

목영의 물음에 홍개가 기가 차다는 듯 대답했다.

“딱 봐도 구린내 풀풀 풍기는 나쁜 놈들이 웬 어여쁜 처자를 공격하고 있는 게야. 내 가만있을 수가 있어야지!”

그들은 홍개를 보고는 그가 개방의 고수인 걸 알아차렸는지, 바로 뒤로 물러나 사방으로 튀었다.

홍개가 시간을 지체하게 된 건 두 남녀를 구하기 위해 손을 썼기 때문이 아니라, 그놈들을 잡으려 들었기 때문이다.

하나 전후 사정을 다 알지 못하여 과하게 손을 쓸 수 없었던데다 그렇게 재빠르게 물러날 줄은 몰라서 결국 허탕을 치고 말았다.

“그럼 자네 뒤에 있는 청년은?”

어여쁜 처자에 대해서만 언급하니, 함께 온 낯선 청년은 대체 뉘인지 알 도리가 없어 청운자가 되묻는다.

“아, 이 청년은 이 어여쁜 처자 옆에 있던 청년이지. 설마 한 쌍은 아닐 게야, 아니고말고.”

곰같이 우락부락한 장웅과 절색의 미모를 지닌 모용운지가 안 어울린다고 여겼는지 홍개가 고개를 젓는다.

홍개가 함께 온 이들을 일행에게 소개하기 위해 가까이

데리고 온 순간, 진호철의 눈이 커졌다.

"웅이가 아니더냐!"

"진 장주님!"

장웅도 놀란다.

"이게 대체 어찌 된 일이냐."

장웅은 이현이와 함께 길을 나섰다 들었는데, 어째서 이 아이가 웬 낯선 아가씨와 둘이서 습격을 받고 있었단 말인가.

그러나 누구도 진유청만큼 놀라지는 않았을 거다.

초췌한 안색에 피에 젖어 있음에도 불구하고 시들지 않는 미모와 기품을 갖고 있는 모용운지를 진유청은 단번에 알아봤다.

"형수님!"

진유청이 다다다다 달려가 모용운지 앞에 선다.

"누가 우리 형수님을 이렇게 고생하게 만들었습니까!"

눈에서 불길이 치솟고 이를 득득 가는 모양새가 장난이 아닌 걸 알게 한다.

"유청이에게 이현이 말고 다른 형이 있었나?"

"아니면 우리 몰래 이현이가 혼인을 약속한 처자라도 있었던 게요?"

질문이 쏟아지지만 진호철은 뭐라 대답할 말이 없었다.

오직 장웅만이 귀신이라도 본 듯 헐쑥해진 얼굴로 진유

청을 응시했다.

역시 한 살 때부터 보통 놈이 아니라 여기긴 했지만…….

“이리로 오세요. 상처를 치료해야지요.”

진유청이 발을 동동 구르며 모용운지의 손을 잡아끈다.

모용운지는 처음 보는 아이가 자신을 향해 진심으로 걱정스런 얼굴을 하는 것에 의아해하면서도 진유청이 이끄는 대로 걸음을 옮긴다.

닮았다…….

응? 누구와 닮았다는 거지?

아아…… 그래. 그분과 닮았구나, 너.

모용운지가 진유청의 맑은 눈을 내려다본다.

“진 공자와는 무슨 사이니?”

“우리 형님을 만났어요?”

역시 두 사람은 운명의 끈이 이어져 있었던 거다!

진유청의 얼굴이 환해지지만, 모용운지는 위험에 처해 있을 진이현이 떠올라 눈가에 눈물이 고였다.

“왜…… 우세요?”

진유청도 그녀의 동요를 느끼고 불안한 어조로 묻는다.

“……진 공자가 위험에 처해서…….”

진유청의 귀에 청천벽력 같은 소리가 들려왔다.

“후우. 죽을 뻔했군.”

진이현이 이마에 흥건한 땀을 손등으로 닦는다.

그는 주위에 널브러진 시체들 사이에서 홀로 서 있었다.

"더 몰려들면 곤란하겠는걸."

화산의 검을 쓰던 중년 사내를 죽인 후, 친구들을 찾아 움직이는 동안 벌써 세 번이나 기습을 당했다.

진이현이 자신의 상태를 확인하니 썩 좋지 않았다.

여기저기 베인 곳은 이제 피가 멈춰 괜찮을 것 같지만, 방금 전 기습에서 허용한 일 검이 관통한 어깨의 상처가 문제였다.

찌이익!

진이현이 옷자락 끝을 잇새에 물고 찢어 낸다. 그리고 길게 조각난 천으로 어깨를 대충 동여맸다.

"다들 괜찮아야 할 텐데."

만약 자신이 그를 이길 거라 예상했다면 이렇게 쪼개지지 않아도 됐겠지만, 승패를 미리 알 수는 없는 노릇 아닌가.

사실 그와의 대결에서 진이현 자신이 살아남았다는 게 더 신기한 일이 아닌가.

그러니 그 말을 미리 염두에 둬야 했던 이는 자신이 아니라 그여야 했다.

"장웅은 하남성 쪽으로 갔을 거고, 자경이는 어디 있으려나."

다시 걸음을 옮기려던 진이현의 등 뒤가 서늘하다.

쉬이익!

아니다 다를까. 진이현이 자신의 등 뒤를 노리는 공격을 막아 내려 상체를 반쯤 비틀며 검을 뻗었다.

차앙!

상대방의 검이 크게 반원을 그리며 튕겨 나는 순간을 놓치지 않고 반격하려 했던 진이현의 눈에 낯익은 얼굴이 들어온다.

"자경아."

"야이 나쁜 놈아! 살아만 있게 해 달라고 빌었는데, 막상 살아 있는 것을 보니까 왜 이렇게 속이 뒤집히는 걸까, 응?"

오자경도 고생을 많이 했는지 온전한 구석이 없다.

오늘 아침까지만 해도 자신들이 서로의 목숨을 걱정하며 필사적으로 검을 휘두를 일이 있을 거라곤 생각지 못했는데…….

"다행이다. 살아서 다시 만나서."

진이현의 무심한 검은 눈동자에 따스한 빛이 퍼져 나간다.

"그래. 내가 니놈 안 묻어 줘도 돼서 천만다행이다!"

오자경은 최악의 경우, 진이현의 시체라도 가져가기 위해 제 목숨을 걸었던 것이다.

"저놈들이 얼마나 남았을까."

진이현이 검에 묻은 피를 바닥으로 털어 내며 중얼거린다.

"그래도 꽤 죽지 않았을까? 이현이 네 녀석이 죽인 놈들도 좀 될 테고, 나도 날 따라온 놈들을 제법 처리했으니까."

"흐음. 자경이 네가 상대한 녀석들 중에도 화산파 출신이 있더냐?"

"역시 그랬군. 몇 명 있었지만, 일대일이면 모를까 다수로 한꺼번에 움직이다 보니, 제 실력을 발휘하지 못하더군."

후기지수들 대부분이 능력은 있으나 실전이 부족해 제 실력을 발휘하지 못했다.

진이현이나 오자경에겐 참 다행스런 일이 아닐 수 없었다.

"이제 곰이나 잡으러 갈까?"

오자경이 어깨로 진이현을 툭 친다.

무거운 분위기를 풀려 장난을 친다는 게 그만 상처를 건드려 버렸지만, 진이현은 피식 웃으며 고개를 끄덕였다.

"그래. 예쁜 아가씨를 납치해 간 미친 곰 잡으러 가자."

졸지에 죄지은 곰이 된 장웅이 들었으면 기함을 토하고도 남을 농담이다.

"역시. 모용 소저가 예쁘다는 건 얼음덩이 너도 인정하는구나?"

"유청이가 그랬다."

"무슨 소리야?"

"모용세가에 아주 예쁘고 착한 아가씨가 있다고."

그때는 몰랐는데, 지금 생각해 보면 유청이의 그 말이 머리에 남아 있어 모용운지에 대해 어떤 환상을 갖게 했는지도 모른다.

"저번에 집에 돌아갔을 땐 얼굴만 예쁠 뿐이라고 하더니만, 이젠 마음도 착해 보이냐?"

오자경이 슬쩍 떠본다.

진이현은 어깨를 으쓱거린 뒤 먼저 앞으로 나아갔다.

"……저 얼음덩이가 내숭 백 단일 거라고 누가 상상이나 했겠어."

죽마고우인 자신도 몰랐던 일이다.

유청이한테 꼭 얘기해 줘야지, 라고 생각하며 오자경이 진이현과 나란히 걸을 수 있도록 재게 발을 놀렸다.

"이 산을 넘으면 하남성입니다."

남궁민이 싸늘한 시선으로 앞을 가로막고 있는 산을 올려다본다.

"남궁 대공자님에겐 제가 면목이 너무 없습니다."

남궁민과 어깨를 나란히 하고 서 있던 청년이 한숨을 쉬며 말한다.

"무슨 그런 말씀을 하십니까, 이제 한 가족이 될 사이인데 말입니다."

남궁민이 그렇지 않다는 듯 고개를 젓지만, 모용기의 안색은 나아지지 않았다.

"아무리 그래도, 운지 그 아이가 불미스러운 일을 만들어 모용세가는 둘째치고 남궁세가에까지 폐를 끼치니…….
이거 원, 남궁 가주님을 뵐 낯이 없어서……."

"아버님께는 제가 잘 말씀드릴 터이니 심려 놓으십시오."

남궁민의 아버지이자 남궁세가의 가주는 문제를 일으킨 모용운지를 며느리로 들이는 일에 대해서 탐탁지 않아 했다.

"앞으로 한 가족이 되면, 대공자님의 일이라면 우리 모용세가가 열 일을 제쳐 두고 달려갈 터이니 기억해 주십시오."

모용기가 힘주어 말한다.

남궁세가와 모용세가의 정략혼은 두 가문 모두에게 좋은 일이다.

물론 남궁민이라면 모용세가 못지않게 좋은 혼처가 있을 수도 있겠지만, 이미 흠이 생긴 모용운지는 남궁민을 놓치면 제값을 받을 수 없게 될 거다.

세가의 여식으로 태어나 비단옷에 보석 장신구를 풍족하게 쌓아 놓고 살았으니, 이젠 빚을 갚아야 한다는 걸 모르는 철없는 여동생이 모용기로선 마음에 들지 않았다.

세가의 여인들은 모두 그렇게 살아왔고, 아마 앞으로도 그럴 것이다.

굳이 운지 그 아이만 그 사실에 정색하며 반기를 드는 까닭을 모용기는 알 수 없었다.

"가시지요."

남궁민과 모용기의 이번 행사는 모두 비밀리에 이루어진 것이다.

사실 모용운지와 진가장을 이어 생각하기엔 근거가 너무 약하긴 하지 않은가.

그럼에도 불구하고 모용기까지 나서서 남궁민을 돕게 된 건 오로지 그의 기분을 달래 주기 위함이다.

게다가 모용세가와 남궁세가, 두 거대 세가가 나섰음에도 모용운지에 대한 흔적을 찾아내지 못했으니, 이젠 그냥 지푸라기라도 잡는 심정이랄까.

모용기는 남궁민이 자신의 동생에 대한 마음을 접기 전에 그녀가 빨리 나타나길 바랐다. 모용운지는 모용기가 대공자로서의 기반을 튼튼하게 해 줄 소중한 동생이었기에.

모용기가 남궁민을 쫓아 산의 초입에 들어섰다.

오늘은 원치 않는 손님이 많은 날인 듯했다.

산을 오르던 남궁민은 어디선가 옅게 풍겨 오는 피 냄새에 걸음을 멈춘다.

"왜 그러십니까?"

"피 냄새가 납니다."

모용기가 놀라서 주변을 휘휘 둘러보다가 코를 씰룩인다.

"어…… 정말 피 냄새가……."

불길한 징조 같아 모용기가 인상을 쓰며 묻는다.

"어떻게 할까요?"

일행의 책임자는 연장자인 모용기 자신이 아니라 남궁민이었기에, 피 냄새가 나는 곳의 근원을 찾아봐야 할지에 대해 묻는 거다.

"조심하면서 지나치는 게 나을 것 같습니다."

이제 막 하남성 인근에 발을 디딘 차에 벌써부터 소란을 만들고 싶진 않았다.

"그러도록 하지요."

모용기가 동의하자, 남궁민과 일행이 다시 걸음을 옮긴다.

하지만 그렇게 얼마나 갔을까?

이번엔 더욱 짙은 피 냄새가 코끝으로 훅 하고 밀어닥쳤다.

불길한 징조가 현실로 다가오니, 아무래도 오늘의 일엔 좋은 일보단 나쁜 일이 더 많을 것 같다.

"내일 다시 오는 건 어떻겠습니까?"

모용기가 한 발짝 뒤로 물러나려 한다.

어차피 모용운지에 대한 정확한 정보가 있는 것도 아니고, 그저 그 아이와 관련된 끈이 있는지 찾기 위해 가는 길인데, 하루 이틀 늦는다고 달라질 건 없지 않은가.

하나 한 번 결정한 건 무슨 일이 있어도 해야만 하는 남궁민으로선, 자신이 그렇게 하기로 마음먹었다는 자체가 이미 그 일을 해야 할 이유가 됐다.

"무슨 일이 일어난다 해도, 우리에겐 남궁세가의 창무대가 있고 모용세가의 무영단이 있지 않습니까. 오늘 밤 운이 좋지 않은 자들은, 우리가 아니라 우리의 앞길을 막을 자들입니다."

"그건 그렇지요."

모용기가 남궁민의 심기를 거스를까 저어하여 반박하진 않지만, 그다지 호응하는 기색은 아니었다.

남궁민은 이번 일에 진가장과 친분이 깊은 소림이나 혹은 다른 문파가 개입하지 않도록 무력시위를 위해 창무대를 데려왔다.

하지만 모용기는 그저 생색을 내고 구색이나 맞추려는 용도로 무영단 한 개 조를 데려왔다. 이것도 아버님께 남궁민과 운지의 핑계를 대고 받아 온 것이니, 문제가 일어나면 자신의 입장이 곤란해진다. 하나 남궁민과는 다르게 가문에서 아직 인정받고 있지 못한 자신의 처지를 설명해 봤자 구차하기만 할 뿐이고, 어차피 그가 귀 기울여 줄 거란 기대도 하지 않는다.

"이젠 무슨 일이 있어도 멈추지 않겠습니다."

남궁민이 딱 잘라 말하며 앞서 나가다가 갑자기 멈칫한다.

"왜 그러십니까?

남궁민이 바로 전에 한 말과 너무 다른 행동을 하자, 모용기가 의아한 듯 묻는다.

남궁민은 검지를 곧게 펴 제 입에 갖다 댄 뒤 정신을 집중했다.

모용기는 남궁민을 방해하지 않으려 입을 다문다.

그리고 그가 이유를 말해 주길 가만히 기다렸다.

"한 무리가 이리로 다가오고 있습니다."

"혹시……?"

"피 냄새가 짙게 풍깁니다."

공격을 당해 쫓겨 오는 이들이든, 아니면 공격을 하며 살인을 하는 이들이든, 어쨌거나 자신들이 오면서 계속 맡았던 피 냄새와 연관이 있는 이들일 터였다.

"준비하십시오."

남궁민이 자신의 검을 뽑으며 모용기에게 말했다.

모용기는 무공이 그리 뛰어나지 않았기에 슬며시 무영단 쪽으로 다가갔다.

그리고 맞은편에서 남궁민이 말했던 이들이 모습을 드러낸다.

"제기랄, 어쩌지?"

왜 거기서 개방 인물이 등장하냔 말이다!

그것도 허리의 매듭으로 보건데 장로급이 분명했다.

심인학은 제자들에게 사냥이나 하러 나왔다고 생각하며 된다 하고 가볍게 끌고 나온 참이었다.

한데 전혀 예상치 못한 상황이 연이어 일어나니, 그들이 혼비백산할 수밖에 없었다.

"저 버러지들은 대체 언제까지 우리 뒤를 쫓아오려는 게야!"

화산파 제자들의 뒤에 꼬리처럼 달려 있는 건 염창명이 자기 재량으로 보낸 산적들이다.

여기까지 오는 동안 살아 있는 동문들을 몇몇 만나 합류한 것까진 문제가 없었으나, 그때마다 따라붙는 산적들의 수가 늘어나니 골치가 아팠다.

이 상태로 어떻게 이 산을 빠져 나간단 말인가.

가장 앞서 있던 청년이 날카로운 눈으로 뒤를 돌아본다.

"다 죽여 버릴까?"

"사형, 참으세요. 그랬다간 시간만 지체되고…… 그러다 또 그 개방 고수에게 발각되면, 그땐 우린 다 죽습니다."

"어차피 심 장로님과 함께 돌아가지 못하는 이상, 똑같다."

중간에 합류한 동문 중 한 명이 말하길, 심인학이 죽어 있는 걸 발견했다고 했다.

일이 너무 커져 자신들로선 어찌해 볼 길이 없는데, 심인학이 죽은 게 사실이라면 문파에서 제명당하는 걸로 끝나지 않을지도 몰랐다.

"어, 저기 맞은편에 누가 있습니다!"

"뭐라고?"

눈을 부릅뜨고 앞을 바라보니 무림인들이다.

그것도 그냥 무림인이 아니라, 자신들을 막아서듯 길 한가운데 멈춰 선 채로 손에 무기를 들고 있다. 저들의 손에 들린 검이 달빛에 반사돼 빛의 파편을 흩뿌린다.

혹시나 하며 기대했으나, 역시 오늘은 자신의 인생에서 최고로 재수가 없는 날인 모양이다.

"개방에 이어 또 뭔가가 나타났군."

검을 든 손이 부르르 떨린다.

"어쩌죠, 사형?"

사제가 겁을 잔뜩 집어먹고 울먹이자, 청년이 와락 인상을 일그러트린다.

그가 남궁민 일행이 있는 곳을 가리키며 발작하듯 외쳤다.

"저들을 죽이면 우리는 산다! 죽여라!"

가장 앞에서 달리던 이가 속도를 높이며 검을 높이 치켜들자, 뒤까지 비장한 기운이 전해진다.

"죽여라!"

사람들이 괴성을 내지르며 해일이 일 듯 거칠게 벽을 향해 몸을 밀어붙였다.

남궁민의 검은 냉혹했다.

그는 자신들을 보자마자 죽이라고 괴성을 내지르며 달려드는 미친놈들의 사정을 봐줄 마음이 전혀 없었다.

스걱!

적의 가슴팍을 벤 뒤 상처가 쩍 벌어지기 직전에, 그냥 두어도 쓰러질 적을 남궁민이 발로 걷어찼다.

퍼억!

멀찍이 나가떨어진 청년이 사지를 바들바들 떤다. 벌어진 상처에서 피가 분수처럼 뿜어져 사방을 적셨다.

남궁민이 그를 걷어찬 이유는 피를 내뿜기 전에 자신이 있는 반경에서 떼어 놓기 위함이었다.

남궁세가의 창무대와 모용세가의 무영단은 제 역할을 충분히 해냈다.

적들은 빠른 속도로 정리돼 가고 있었다.

한데 아까부터 자꾸 눈에 거슬리는 게 있었다.

남궁민이 발을 내딛어 자신의 마음을 불편하게 하는 원인을 향해 다가갔다.

"죽어라, 이 개자식아!"

그는 창무대 대원의 목에 검을 꽂아 넣은 채 악을 쓰고 있었다.

남궁민이 눈살을 찌푸리며 손에 든 검을 사선으로 내리긋는다.

그가 위기감을 느끼고 고개를 돌려 뒤를 봤을 땐, 이미 남궁민의 검이 반쯤 그의 등을 갈랐을 때다.

"으아악!"

비명을 내지르며 입을 벌리는 청년의 얼굴을 똑똑히 확인한 남궁민이 눈살을 찌푸리며 물었다.

"……자네, 종패 아닌가?"

화산파의 촉망받는 후기지수로 자신도 몇 번 만난 적이 있었던 이다.

"나, 남궁…… 미이……."

쿨럭 하는 소리와 함께 망가진 발음으로 토해진 남궁민 자신의 이름.

청년의 검은 눈동자가 눈꺼풀 뒤로 휙 넘어가면서 그의 몸이 힘없이 바닥으로 쓰러졌다.

"화산파가 어째서!"

남궁민의 얼굴이 딱딱하게 굳었다.

第七章

그와 그녀

"유청아, 괜찮으냐?"

넋이 나간 채 아버지의 등에 업혀 있는 진유청의 눈에 초점이 흐릿하다.

"내 이것들을 찾게 되면, 요절을 내버릴 테다!"

아까 도망친 놈들을 순순히 놓아줬던 게 이가 갈리는지 홍개가 분통을 터트렸다.

"걱정하지 말거라. 다들 찾아 나섰으니, 곧 네 형의 소식을 들을 수 있을 게다."

성정이 차가운 편인 청운자까지 나서서 위로하지만, 언제나 생기 넘쳤던 진유청의 얼굴엔 어두운 그늘이 점점 더 짙어져만 갔다.

내가 형을 어떻게 키웠는데!

그렇게 싫어하다가, 덕 좀 보고 편히 살려고 잘해 주다 보니 정도 들고, 그러다 좋아지고…….

내 노후만이 아니라 형의 앞날을 위해 물고기도 잡고 밥도 주고 얼마나 열심히 노력했는데…… 아직 천하제일인은 커녕 아무것도 이뤄 놓은 것도 없이 허무하게 가려고 해?

진유청으로선 절대 받아들일 수 없는 일이었다.

진가장에 진이현 없이 아버지와 자신 둘만 덩그렇게 남는다 생각하니 눈앞이 캄캄했다.

자신이 위험에 처하고 다쳤을 때도 이렇게 누군가를 향한 미움이 치솟진 않았는데, 지금은 몸속 여기저기서 뜨거운 기운이 쩔쩔 끓어올라 분출구를 찾는다.

"유청이라고 했지?"

모용운지가 진호철에게 다가가 작게 고개를 숙이더니 등에 업혀 있는 유청이를 바라본다.

진유청이 힐끔 눈동자만 들어 그녀와 시선을 마주하자, 그녀가 고운 손을 들어 진유청의 빵빵한 볼에 갖다 댔다.

"유청이가 그랬다며? 진 공자가 세상에서 가장 강한 사람이 될 거라고. 형님을 믿지?"

부드러운 목소리가 진유청을 달랜다.

"한 번이라도 진 공자가 유청이 너를 실망시킨 적이 있어?"

모용운지의 말에 진유청이 고개를 젓는다.

"형님은 단 한 번도 저를 실망시킨 적이 없으세요."

"그래, 그러니 이번에도 유청이를 실망시키지 않으실 거야. 우리 믿자, 응?"

"……네."

한결 안정적인 숨소리와 함께 진유청의 대답이 귓가에 내려앉자, 진호철이 안도의 한숨을 내쉰다.

큰애에 대한 걱정에 심장이 아릿한데, 제 형이라면 죽고 못사는 작은애까지 덜컥 어찌 되는 건 아닌가 싶어 조마조마했기 때문이다.

"우리 아이에게 신경 써 주어 고맙네."

"별말씀을요."

차분한 어조로 눈을 내리깔고 대답하는 그녀는 참하고 조신하여 누구에게나 호감을 주었다.

진호철은 유청이가 그녀를 형수라고 불렀던 일을 상기해내고, 그녀에게 연유를 물을까 하였다가 그만둔다. 나중에 이현이가 오면, 그때 물어보면 되겠지 싶었다.

진유청은 마음이 불안정해지자 저도 모르게 입속으로 불귀곡 비급의 구결을 암송하며 눈을 감았다.

그의 몸에서 투명한 것이 쑤욱 빠져나와 하늘을 난다.

파다다닥!

바람이 반갑다며 그의 어깨를 두드린 뒤 스쳐 지나갔다.

흰 구름 사이를 노닐던 그가 아래를 내려다본다.

산, 그리고 그리운 냄새.

코끝을 씰룩인 그가 고개를 두리번거린다.

그리고 무언가를 찾기 시작했다.

산, 나무, 나뭇가지, 그리고 그 사이로 눈동자를 움직이던 그가 환하게 미소 지으며 손을 뻗는다.

찾았다!

"찾았다!"

진유청이 저도 모르게 외치며 고개를 번쩍 들었다.

"유청아, 왜 그러느냐?"

놀라서 자신의 등에 업힌 아들을 향해 고개를 돌린 진호철이 걱정스레 묻는다.

"내려 주세요, 아버님!"

진유청이 진호철의 등에서 뛰어내려 어디론가 걸어간다.

"어디 가느냐?"

"형님 찾으러 가요."

진유청의 말에 진호철의 안색이 급변했다.

"위험하다. 당장 이리 와라!"

이현이를 찾기 위해 주변을 뒤지고 있는 이들의 말에 의하면 시체와 피가 적지 않게 쌓여 있다 했다.

어디서 어떤 위험이 도사리고 있을지 알기 어려운 상황에서, 아직 어린 유청이가 제 마음대로 돌아다니게 할 순 없었다.

하나 진유청은 쉽게 고집을 꺾지 않았다.

두 부자의 대치 상황을 가만히 지켜보고 있던 홍개가 입을 연다.

"내가 따라가 보지."

유청이 녀석이 쓸데없는 일을 하는 건 한 번도 보지 못했으니, 이번에도 뭔가 이유가 있으리라 여긴 거다.

"……그럼 부탁드립니다."

내키진 않았으나 진호철이 힘없이 대답했다.

"이 넓은 산에서 이현이를 어찌 찾겠다고 그러느냐."

말은 그리하면서도 홍개는 주변에 대한 경계를 늦추지 않으며 진유청을 계속 따라 걸었다.

진유청은 자신이 가야 할 길을 정확히 알고 있었다.

이리 가면 길이 있고, 여기서 더 왼쪽으로 기울어진 비탈을 미끄러져 내려가면…….

진유청이 능숙하게 산을 타며 점점 더 깊숙이 들어가자, 홍개가 이제 그만 녀석을 말려야 하나 고민한다.

하나 그 사이에 진유청은 제 눈앞을 가리는 키 높은 풀을 헤집고 안으로 들어가 계속 걸어 나갔다.

"요 녀석아, 같이 가야지!"

홍개가 어쩔 수 없이 좀 더 마음대로 하게 놔두자 하고 따라 들어간다.

그렇게 수풀이 끝나는 지점에 닿자, 진유청이 양손으로 빽빽한 풀을 좌우로 벌린 뒤 얼굴을 쏙 내밀었다.

그리고…….

"찾았다!"

흰 이를 드러내며 씨익 웃는다.

"찾긴 뭘 찾아?"

홍개가 진유청의 등만 뚫어져라 바라보던 시선을 드는 순간.

"히이이익!"

경망스러운 비명이 그의 입에서 흘러나왔다.

"유청아?"

진이현이 자신의 앞쪽에 있던 수풀 사이에서 갑자기 튀어나온 동생의 얼굴을 보고 그의 이름을 부른다.

"야, 유청이가 여기 왜 있어! 저거…… 저, 저, 저거…… 귀신 아냐? 귀신!"

귀신이라면 딱 질색하는 오자경이 기겁하며 뒤로 물러난다.

"무슨 일이라도 있느냐. 진가장에 있어야 할 네가 왜 여기 있어."

하나 진이현은 아무렇지도 않은 모양이다. 오히려 천천

히 다가가더니 양팔을 벌려 아직 수풀에 파묻혀 있는 진유청의 몸을 달랑 안아 올렸다.

"형님!"

진유청이 양팔로 진이현의 목을 끌어안는다.

"귀신 아냐?"

오자경이 아직도 믿기 어려운지 몸은 멀찍이 떨어뜨린 채 손만 뻗어 검지로 진유청의 머리통을 툭툭 건드려 본다.

"사람 맞네."

정신을 수습하고 다가온 홍개가 증인이 돼 준다.

오자경은 장웅과 마찬가지로 홍개의 얘기만 들었지 얼굴을 본 적이 없어 단번에 알아보지 못했다.

"이분은 개방의 홍개 할아버지예요."

진유청이 소개를 해 주자 '아아' 하고 오자경이 고개를 끄덕인다.

"말씀은 많이 들었습니다."

"그래, 지금은 상황이 이러니, 인사는 나중에 하도록 하지."

오자경이 알았다는 듯 머리를 살짝 숙여 보인다.

"그나저나…… 저 녀석은 어떻게 여길 찾았을까?"

홍개가 혼잣말을 중얼거린다.

이건 두 눈으로 보고도 믿기 힘든 일이다.

"혹시 전생에 개였던 건가? 그래서 이현이 냄새를 맡고 여기까지 온 거 아니냐?"

정상적인 사고로는 이해하기 어려우니, 자기가 납득할 수 있는 범주로 상황을 끼워 맞춘다.

"……마음대로 생각하세요."

자신의 과거 삶이 개와 가깝긴 했으나, 저렇게 대놓고 얘기하니 기분 상한다.

비록 홍개는 모르고 하는 얘기겠지만.

"일단 일행이 있는 곳으로 가지. 이현이 네 아버지가 기다리고 있다."

"아버님께서 말입니까?"

유청이에 이어 진호철까지 산에 와 있다고 하니 의아한 모양이다.

"유청이가 네가 오는 길로 마중을 나오자고 해서, 어제 다 같이 나들이 겸해서 여기까지 왔는데…… 오늘 이런 방식으로 이현이 너를 만나게 될지는 우리도 몰랐지."

만약 유청이가 나들이를 가자고 하지 않았거나, 아침에 술병이 나서 집에 돌아가지 못한 채 시간이 지체되지 않았으면…….

홍개의 등줄기로 소름이 돋았다.

진이현이 동생의 손을 잡고 다가오는 걸 눈으로 확인한 순간, 진호철의 얼굴에 온갖 시름이 지워진다.

"이현아!"

진호철의 눈가가 붉어졌다.

근방을 뒤지며 수색을 벌이던 이들에게도 진이현을 찾았단 얘기가 전해지자 속속 귀환한다.

"참 사이좋은 부자지간이야."

세 부자가 부둥켜안고 훌쩍이는 모습을 지켜본 이들의 입가에 미소가 번졌다.

저 중 한 명이라도 좋지 않은 일을 당했다면 자신들의 구심점이 무너지고, 이전과 같이 되기 위해선 더 많은 노력을 해야 될 터였다.

잠시 뒤 서로의 감정을 추스른 세 부자가 나란히 바닥에 쭈그리고 앉았다.

"물어 볼 얘기가 너무 많아 무엇부터 시작해야 할지 모르겠구나."

진호철의 고민이다.

"진가장으로 돌아가 천천히 얘기를 나누면 되지 않겠습니까?"

"아무래도 그게 낫겠다."

긴 얘기를 나누기에는 지금이 적기가 아닌 건 사실이었으니까.

"하면 저 아가씨도 우리와 함께 진가장으로 가는 게냐?"

진호철이 모용운지를 가리킨다.

"북경의 형부상서 댁에 연락을 넣으려 합니다. 예전에 형부상서 어르신께서 은혜를 입은 적이 있어 꼭 찾고 싶다 하셨다는데, 사정이 있어 제가 이리로 데려왔습니다."

"호오, 그래?"

이청강과도 인연이 있는 아가씨라니.

"잠시 가 봐도 되겠습니까?"

진인현은 가족끼리의 대화이다 보니 감히 끼어들지 못하고 저편에서 자신만 바라보고 있는 모용운지가 신경 쓰인 모양이다.

"물론이지, 어서 가 보아라."

아버지의 허락이 떨어지자 진이현이 모용운지에게 간다.

"잘 어울리는군."

한 쌍의 남녀를 보는 진호철의 눈가가 부드럽게 풀린다.

홍개가 양손을 머리 위로 크게 교차했다 풀며 자신에게 주의를 집중하게 한 뒤 말했다.

"다들 돌아왔으니, 이만 산을 내려가는 게 좋겠군."

"네. 아무래도 오늘 이 산은 재수 옴 붙은 거 같으니, 빨리 자리를 떠야 할 것 같습니다."

오자경이 열렬하게 환영한다.

어차피 준비는 모두 끝내 둔 상태였기에 사람들은 바로 짐을 들고 이동했다.

스산하게 부는 바람과 산의 울음소리가 사람들의 등을

강하게 떠밀었다.

"끔찍한 하루였어요."

진유청의 말이 모두의 심정을 대변한다.

이만큼 다사다난한 하루를 보내는 일도 드물 거다.

진가장에 들어선 일행들이 서로를 돌아보며 수고했다는 눈빛을 보낸다.

"후원으로 가시지요. 얘기를 좀 더 나눠 봐야 할 것 같습니다."

정말 지치고 피곤했으나, 이현이 전한 얘기의 사안이 너무 시급했던지라 미뤄 둘 수가 없었다.

진가장이나 동심회에 일이 있을 때마다 모임을 갖는 후원으로 가니, 유청이의 유모가 따뜻한 차를 내온다.

모인 사람들의 시선이 진호철에게 향했다. 시작해도 된다는 뜻이리라.

"너와 친구들을 습격한 이들이 쓴 무공이 화산파의 것이 맞느냐?"

"은은한 매화 향기가 풍긴 것도 그렇지만, 그가 자기 입으로 부정하지 않은 사실입니다."

"하아……. 어째서 화산파가 그런 짓을 저질렀을꼬!"

목영이 고개를 저으며 한탄한다.

"나는 여태까지 무림맹이 썩어 들어가는 것만 걱정했는

데, 이제 보니 각 문파 내부엔 더 큰 문제가 있었군."

청운자가 중얼거리는 말이 사람들의 마음을 더욱 무겁게 했다.

"이현이 네가 처음에 말했던, 이상하다는 산적들과 화산파가 연관이 있는 것 같구나."

진호철의 말에 진이현이 고개를 끄덕인다.

"산에서 만난 이들도 한 부류는 정파의 후기지수들이었지만, 명령에 따르는 쪽으로 인원이 많았던 이들은 저와 제 친구들이 만났던 기묘한 산적들과 비슷한 기운을 풍겼습니다."

심인학이 말하길 젊은 객기가 목숨을 재촉했다 하지 않았나. 자신들이 산적들을 토벌하였던 걸 가리킨 거라는 감이 왔다.

"대체 그들은 무엇을 얻기 위해 정파의 자긍심마저 내버리고, 그렇게 더러운 진창에 발을 내딛었을까……."

홍개가 고개를 설레설레 흔들며 나직하게 읊조린다.

"그러게 말입니다."

맞장구치는 목소리에도 힘이 없다.

쉬이 나올 답이었으면, 이 많은 사람이 모여 머리를 맞대고 이렇게 갑갑해할 필요도 없었을 거다.

형의 옆에 찰싹 달라붙어 앉아 있던 진유청이 큰 머리를 갸웃거리던 중 생각난 걸 그대로 뱉어 낸다.

"물건도 혼자서 독점해서 팔면 값이 비싸지잖아요. 산적질도 그렇지 않을까요?"

"방금 뭐라 하였느냐?"

먼저 관심을 가진 건 진이현이고, 이내 팔짱을 낀 진호철이 어서 다음 말을 해 보라는 듯 눈짓을 보내온다.

"그러니까 그들이 산적질을 독점하게 되면, 그들의 허락을 받지 않고는 표국이나 상단이 계속 운영해 나갈 수 없게 될 거라 이 말에요."

표국이 표행을 못 나가고, 상단이 팔 물건을 운송할 수 없다면 망하는 게 당연하다.

강한 고수는 영입하기도 어렵지만, 그들을 고용할 돈을 구하기 위해 물품 운송비를 올려 받거나 가진 재산을 터는 것에도 한계가 있을 터였다.

유청이가 한 말을 진이현이 받는다.

"거대 세가나 문파의 도움이 꼭 필요할 겁니다. 그들의 도움이 없이는 헤쳐 나가기 어려운 일일 테니……. 그들이 바로 산적의 원류라니……!"

"끝장이군."

마지막 말을 저도 모르게 뱉어 낸 건 진호철이었다.

표국과 상단 들이 모래성처럼 무너지고, 결국은 그들과 연계된 곳만이 살아남을 수 있게 될 거다.

"그 정도 규모의 일을 추진하려면, 자금력은 물론이고 뒷배가 만만치 않은 곳이어야 할 텐데 말입니다."

유태가 심각한 어조로 말한다.

화산파 혼자서 가능한 일이 아니다. 물론 그들이 마음만 먹으면 못 할 정도는 아니지만, 그러려면 전력을 다 쏟아부어야 한다.

한데 화산파 정도 되는 문파가 전력을 다해 음모를 꾸민다면, 다른 문파들이 어찌 모를 수가 있단 말인가.

그러니 비밀리에 계획된 이번 일은 좀 더 뿌리가 깊다고 보는 쪽이 옳았다.

그때 누군가의 입에서 이름 하나가 튀어나온다.

"연이상단이 아닐까요……?"

좌중의 시선이 다시 진유청에게 향한다.

사실 단리 상단주가 참석하지 못한 이번 회의에서 북경의 소식에 가장 밝은 이는 가출해서 돌아온 지 얼마 안 되는 진유청이었다.

여기 모인 대부분의 사람들은 자기 가족과 문파에 충실하고, 동심회를 사랑하는 평범한 가장이자, 무림인으로선 절대 평범하지 않은 사고의 소유자들이다.

각 장로 어르신들도 거기서 크게 다르진 않아서, 무림이 썩어 가는 걸 걱정하고 무림의 정화를 위해 제 한 몸 희생하는 걸 아까워하지 않을 긍지를 가졌다. 하나 세상 돌아가는 상황에는 어두운 편이었다. 그나마 나은 이가 목영 선사 정도랄까.

차라리 잘됐다. 이번 기회에 이들에게 앞으로 다가올 혈겁에 대비할 수 있는 준비를 하도록 만들자.

자신의 형님이 혼자 아무리 용쓰는 재주가 있어도, 이 많은 사람들을 다 걷어 먹일 순 없는 일 아닌가.

모인 이들 모두 성격은 제각각이지만, 사리가 바르고 정이 많은 좋은 사람들이다.

우리 동심회가 다 같이 살아남아야 의의가 있지 않겠나.

천하제일 진가장도 좋지만, 천하제일 동심회도 나쁘지 않아.

진유청이 진호철의 옷소매를 잡아당기더니 말한다.

"아버님, 북경 형부상서 어르신 댁에 있을 때 얘기한 적이 있잖아요. 연이상단이 황제 폐하의 든든한 후원을 받고 있다고 말이에요."

"그랬지. 그러고 보면 단리 상단주님께서 말씀하시길, 금오상단이 타 문파에 대한 협조를 끊자 몇몇 문파들이 완전히 연이상단 쪽으로 돌아섰다고 했던 게 기억나는구나. 특히 화산은 경쟁적으로 연이상단과의 거래를 늘려 나가고 있다던데……."

그가 들었던 말을 그대로 읊다가 멈칫한다.

"자금력이나 뒷배가 있어야 하고, 다른 문파들의 협조를 얻어 강한 무인들을 키워내 산적으로 소모할 수 있는 곳이라면, 딱 들어맞는 곳인 듯하네. 연이상단이 수상하군."

진호철의 끝말이 흐릿하게 사그라지기 전, 청운자가 굳은 얼굴로 덧붙이는 말이었다.

그 말에 아무도 놀라지 않았다. 그들도 머릿속으로 같은 생각을 하고 있었던 까닭이다.

“그러면 이 모든 일의 뒤에 황제 폐하가 있단 말입니까?”

하지만 마가장의 마봉구가 뱉어 낸 이 말엔 다들 식겁했다.

꿀꺽!

누군가의 마른침 삼키는 소리가 정적 속에 울려 퍼진다.

“거기에 대해선 좀 더 정보를 모아야겠습니다. 그렇게 하여 황제 폐하께 이득이 된다면 모르지만, 상단과 표국이 문을 닫아 상거래가 위축되고 돈이 풀리지 않으면, 누가 세금을 낼 수 있단 말입니까?”

진이현이 상황을 다독이며 정리한다.

“게다가 무림인들을 탐탁지 않아 한다는 황제 폐하께서, 연이상단이 무림맹을 이용해 상권을 장악한다 해도, 결국은 무림 못지않은 위세를 지닌 신흥 상단 세력이 출몰하는 것과 같은데…… 그것을 용인하셨을지 의문입니다.”

연이상단의 숨겨진 진짜 주인이 황제라면 허락하였을지도 모르지만, 좀 전에 언급됐듯 연이상단의 행보는 한 나라의 주인인 황제와는 어울리지 않는 선택으로 이어지고 있다.

“황제 폐하께서 엄청 총애하는 분이 계신데, 그분이 연이상단의 주인이라 했어요."

"환성이란 사람 말이구나?"

"네. 사람 속은 아무도 모르는 거니, 환성이란 분이 딴 마음 먹고 폐하의 눈을 가리고 있다면, 그래서 자신이 가진 것으로 무림맹을 썩게 만들어 무너트리려 하고 있는 거라면……."

그가 원하는 건 상계의 일통만은 아닐 터.

사람들이 곧 숨넘어갈 것 같은 얼굴을 하고 씩씩거리는 걸 보니 마음이 안 좋지만…….

이건 시작이라고.

이 다음은 혈사방이고, 그다음엔 진명회가 나올 텐데…….

진유청이 사람들을 돌아본다.

좀 더 강해져야 한다. 이현 형님만이 아니라 당신들도 강해져야지.

진유청 자신이 물고기들을 키우고, 여기저기 뿌린 씨앗에 물을 주어 잘 돌보고 있는 것처럼…… 당신들도 이제 소중한 걸 지키려면 한 단계 이상 성장해야 한다.

몇 년 후 달콤한 과실을 따서 마른 목을 축일 수 있으려면 말이다.

"유청이를 데리러 갔을 때 형부상서 어르신과도 한 번 얘기한 적이 있으니, 연락을 취해 봐야겠습니다."

그때는 그저 연이상단이 황제 폐하를 등에 업고 상권에 영향력을 행사해서 황궁에 이득을 주고, 무림맹의 힘을 분산시켜 고수들을 황궁으로 오게 하려는 정도일 거라 추측하며 얘기를 나눴었는데…….

아무래도 그게 다가 아닌 듯하지 않은가.

"조정에 계신 분이니, 모쪼록 그 어르신에게 피해 갈 일이 없도록 하게나."

목영이 걱정스레 말한다.

조정에 있는 이가 무림과 연관이 깊다는 게 알려져 좋을 게 없을 뿐더러, 만에 하나라도 이 일의 끝에 황제가 연관이 됐다면 이청강의 안위에도 문제가 생길 수 있음이다.

"명심하겠습니다."

진호철이 진중한 어조로 대답했다.

그도 자신과는 다른 입장에 서 있는 이청강을 곤란케 할 마음은 추호도 없었다.

"아, 이현아. 모용 소저에 대한 이야기도 이참에 연락을 보내겠느냐?"

진호철이 아들이 했던 말을 기억해 내고 덧붙인다.

한데 왠지…… 진이현의 눈가가 살짝 찌푸려진 것 같다?

워낙 무표정하여 변화를 읽기는 어렵지만 분명 저건!

"그건 나중에 해요, 아버님. 일단 모용 소저에게 언제쯤 알리는 게 좋을지에 대해 미리 물어보는 게 예의잖아요."

진유청이 점잔을 빼며 끼어든다.

진호철은 어떻게 자신이 뱉은 말을 바꿀 수 있을까 고민하던 차였기에 재빨리 대답한다.

"그래, 아무래도 그게 좋겠지? 내가 생각이 짧았구나."

아버지가 자신에게 한쪽 눈을 찡긋해 보이자, 진유청이 피식 웃는다.

역시 능구렁이가 다 되셨다니까!

"그럼 그 얘긴 그렇게 마무리 짓고, 화산파에 대한 건 어찌할 셈이오, 회주?"

홍개가 묻는다.

원래는 정식으로 화산파에 항의를 하고, 이 문제에 대해 알려 무림맹 전체에 경각심을 불러일으키려 했지만, 그럴 수가 없게 됐다.

화산파를 건드리려면 연이상단까지 걸고 넘어가야 하니, 그와 연관된 다른 문파들이 가만있지 않을 거다.

게다가 자신들에겐 아직 확실한 증거조차 없지 않은가.

"화산파에선 저 산에서 죽은 이들이 다 파문된 지 오래라서 자신들과는 상관이 없다고 주장할 겁니다."

명문 정파에서 제자들을 쓰고 버릴 때 종종 사용하는 방법이다.

자신의 입으로 정파의 치부를 말하는 게 수치스러웠는지 얼굴이 벌게진 목영이었다.

"그러면……."

회의는 밤늦게까지 이어졌고, 제 할 만큼은 다 했다 여긴 진유청은 형에게 기대 꾸벅꾸벅 졸고 있다.

당장 머리 아픈 일이 여기저기 산재해 있었지만, 그래도 사람이 좀 쉬어야 생각도 돌아가고 정신도 차려지지 않겠나.

하늘이 무너져도 더는 신경 쓸 여력이 없…….

"장주님!"

정문을 지키는 경비 무사가 급하게 후원으로 들어왔다.

"무슨 일인데 그러나?"

진가장 식솔들이 회의 중엔 일부러 후원 인근으론 다니지도 않고, 최대한 방해하지 않으려 노력한다는 걸 알기에, 진호철이 놀란 목소리로 묻는다.

"웬 무림인들이 진가장 쪽으로 오고 있다고 합니다."

"진가장에 드나들던 이들이라 하더냐?"

얼굴이 눈에 익으냐 이 소리다.

"처음 보는 이들인데, 험한 일이 있었는지 행색이 좋지 못하고, 피 냄새가 짙게 풍겨 사람들이 가까이 다가가지 못할 정도라고 합니다."

경비 무사의 말에 잠에서 깬 진유청이 형에게 기대 있던 머리통을 번쩍 들고 바닥에 내려섰다.

이런 젠장! 진짜 못 해 먹겠네.

오늘 하루 종일 사람을 들들 볶더니 마지막에 마지막까

지 개판인 거지?

"칼 주세요!"

진유청이 아버지를 향해 손을 내민다.

안색이 어둡던 진호철이 당황하여 아들을 내려다본다.

"무슨 칼 말이냐?"

"진가장을 지킬 칼이오!"

진유청이 그것도 모르냐는 듯 심술과 짜증이 덕지덕지 붙은 얼굴로 쏘아붙인다.

오늘 내가 아주 저것들을 그냥 다 썰어 버릴라니까!

눈에 불을 켠 진유청이 내밀고 있는 손 위에 자신의 손을 얹은 진이현이 한쪽 무릎을 바닥에 대고 동생과 시선을 맞춘 뒤 말한다.

"진가장은 형이 지킬 테니, 유청이는 식솔들이 놀라지 않게 다독이고 있어라."

진이현의 따스한 눈빛이 진유청을 향하자, 진유청의 눈엔 불 대신 진이현이 담긴다.

가출한 일로 크게 화가 나 있을 줄 알았는데, 오늘 일이 하도 꼬여 이렇게 되고 나니, 화내는 것도 잊어버리신 모양이다.

이건 기회다!

생각해 보니 굳이 자신이 나설 필요는 없는 거 같다.

누가 두들겨 패건 골고루 잘 다져 놓기만 하면 되는 거 아니겠는가?

"네!"

진유청이 자세를 바로 하며 힘차게 대답했다.

"그나저나 어떤 놈들인 거야? 혹시 남아 있던 산적들이나, 아니면 화산파의 제자들?"

홍개가 쓸 만한 몽둥이가 없나 후원 가장자리를 기웃대다가 결국 두꺼운 나뭇가지 하나를 꺾어 손에 든다.

"어떤 이들이건…… 선한 자는 오지 않고, 온 자는 선하지 않다라고 하지 않던가."

목영이 손에 들고 있던 선장으로 바닥을 '쿵!' 하고 내리찍으며 답한다.

다섯 살의 진유청을 만나 도를 깨달은 이후, 괴팍한 성격을 모두 버리고 새로 태어났던 목영의 얼굴에까지 노기가 가득한 걸 보니…….

"오늘 일진 사나운 건 우리만이 아닌가 보네."

검을 뽑아 들고 서늘하게 날이 선 부분을 불 아래 비춰보는 청운자가 중얼거렸다.

진가장으로 향하는 남궁민과 모용기의 사이에 침묵이 감돈다.

산에서 내려오는 동안에 그들은 크고 작은 습격을 당해야 했는데, 아마도 처음 마주쳤던 이들의 동료인 듯했다.

자신들의 피해가 크진 않았으나, 죽기로 달려드는 적들은 참혹했다.

명령을 내릴 자를 잃고 헤매다 겁을 먹은 탓인지 다들 정신을 놓고 검을 휘둘렀기 때문이다.

남궁민은 그 와중에도 눈에 익은 화산파 제자를 두엇 찾아낼 수 있었다.

꺼림칙한 기분이 들었던 모용기는 계속해서 이번 일정은 포기하는 게 어떻겠냐고 채근했지만, 남궁민은 들은 척도 하지 않았다.

그렇게 성안으로 들어온 남궁민은 일단 쉴 곳을 찾아 객점으로 들어갔다.

싸움이 있었는지 피 냄새를 풍기는 무림인 일행이 객점에 들어가자, 떠들썩하게 벌어지던 술판이 순식간에 고요해진다.

개의치 않고 점소이에게 깨끗한 방으로 안내하란 말을 던진 뒤 이 층으로 올라가는 일행들의 등 뒤로, 술기운을 빌어 다시 언성을 높인 사내들의 얘기 소리가 들려왔다.

"어제 산에서 한 잔치가 그렇게 거했다며?"

"역시 진가장의 장주님은 통이 크다니까."

신경을 건드리는 이름이 나오자 남궁민이 계단을 오르던 걸음을 멈추고 귀를 기울이는데…….

"자네, 아까 봤나? 진짜 선녀 같은 아가씨가 진 공자님이랑 같이 가고 있던 거?"

"응, 나도 봤어. 어찌나 예쁜지 보는 순간 완전히……."

남궁민이 천천히 몸을 돌려 이야기가 들려온 곳으로 가서 그들을 내려다본다.

남궁민은 사내 하나의 멱살을 잡아 올렸고, 원하는 얘길 들을 수 있었다.

그리고 그의 일행은 아무도 선금까지 치른 방으로 들어가지 못하고, 그대로 진가장으로 향하게 된 것이다.

의혹을 가졌던 게 현실이 되고, 자신이 하남성에 들어서자마자 바로 눈앞에 들이밀어지니, 마치 하늘이 남궁민 자신에게 너와 모용운지는 운명이 아니라 말하는 것 같지 않은가!

산을 넘는 동안 내내 불쾌했던 감정에 더해진 분노가 남궁민의 머릿속을 뜨겁게 달궜다.

이렇게까지 완강하게, 거부당하는 느낌을 받은 건 맹세코 처음이다.

차갑게 굳은 얼굴로 걸음을 옮기던 남궁민이 드디어 진가장 정문 앞에 섰다.

"흥, 별것도 아닌 것들이 우리 운지를 탐내?"

모용기가 기가 막힌 듯 중얼거린다.

하남에선 꽤 알아주는 명문가라 들었지만, 천하 오대 세가 중 하나인 모용세가 출신의 자신에겐 어차피 수많은 버러지들 중 하나로밖에 인식이 안 된다.

모용기는 이런 허접한 가문 출신의 사내와 인연을 맺기 위해 남궁 대공자를 버린 동생을 절대 이해할 수가 없었다.

누가 말릴 새도 없이 모용기가 진가장 정문으로 다가가 크게 외친다.

"운지야, 오라비가 왔다. 이만 모용세가로 돌아가자구나!"

기운을 실은 모용기의 목소리가 쩌렁쩌렁 울렸다.

문 안쪽에선 분명 인기척이 느껴지는데, 아무런 대꾸도 없고…….

자신의 출신을 밝힌 것과 다름없는데도 문이 열리지 않으니, 모용기의 얼굴이 화끈 달아오른다.

눈썹을 꿈틀거린 모용기가 기운을 잔뜩 끌어올려 문을 향해 내던지려는데…….

콰아앙!

문이 기다렸다는 듯 때맞춰 열렸다. 그것도 아주 강하고 거칠게.

"허업!"

모용기는 놀란 나머지 끌어올렸던 기운이 부스스 흩어진다.

허겁지겁 뒤로 물러났던 그가 열린 문 안쪽으로 시선을 준다.

대체 누가……?

그리고 안 보는 게 더 좋았을 걸 본 사람마냥 허겁지겁 뒤로 물러나 남궁민 옆에 선다.

"남궁 대공자, 이게 어떻게 된 일입니까?"

"뭐가 말입니까."

남궁민의 차가운 눈엔 살기가 휘몰아친다.

남궁민도 눈이 있으니 봐서 알고 있을 텐데 굳이 되묻는 까닭을 모르겠다.

하지만 모용기는 친절하게도 검지를 들어 올려 진가장 문 안쪽에서 나오는 이들을 가리켰다.

"왜 각 문파의 장로들이 무기까지 꺼내 들고 우릴 죽일 듯 노려보고 있느냐 이 말입니다."

객점에서 만난 사내가 거지와 도사 어쩌고 하는 걸 얼핏 듣긴 했으나, 그 거지와 도사가 개방과 무당의 장로란 얘기는 못 들었단 말이다!

모용기가 침착함을 잃고 우왕좌왕하지만, 남궁민은 그에게 전혀 신경 쓰지 않았다.

남궁민의 온신경은 자신의 맞은편에 있는 한 청년에게로 가 있던 것이다.

"오랜만이군, 진가장의 진이현."

남궁민이 조용히 입술을 달싹여 인사를 건넸다.

第八章

그 남자의 사정

일촉즉발의 상황.

팽팽한 긴장감 속에서 대치하고 있는 두 무리 사이를 차가운 바람이 훑고 지나간다.

“야, 저거 남궁씨 아니냐?”

홍개의 물음에 목영이 고개를 끄덕인다.

혹시나 화산파에 이어 남궁세가도 연이상단과 연관이 있단 말인가?

의혹이 퍼져 나간다.

하지만 오대 세가는 구파일방보다 더 속세의 일에 밝고 밀접하게 연관을 짓고 있어서, 각 세가마다 휘하에 보유한 상단이 있을 정도다.

특히나 오대 세가에서도 수좌를 자처하는 남궁세가라면 자금력이 풍부하여 다른 세가들보다 더 큰 상단을 독자적으로 움직이고 있을 터였다. 연이상단의 달콤한 미끼에 걸려들 이유가 없었다.

뒤에서 들려오는 소리에 눈앞의 청년에 대해 알게 된 진호철이 한 걸음 앞으로 나선다.

"무슨 일로 진가장까지 오셨소?"

남궁민은 대답 대신 진이현을 뚫어져라 바라봤다.

"아는 사이더냐?"

진호철이 묻자 진이현이 고개를 젓는다.

"한 번 스쳐 지나간 게 다입니다."

다만 어쩌다 한 번 불쾌하게 스쳐 지나갔던 얼굴이 악연이 되어 휘몰아쳤을 뿐.

"모용 소저는 어디 있습니까?"

남궁민이 단도직입적으로 묻는다.

"그녀를 왜…… 찾는 것이오?"

진호철이 의아한 듯 묻자, 남궁민이 대답했다.

"정혼녀를 찾는 게 언제부터 이상한 일이 됐습니까?"

정혼녀라니?

진호철의 눈이 커진다.

"아아, 그러고 보니 그 소문이 진짜였나 보군. 모용세가의 여식이 남궁세가와의 혼담을 거절하고 잠적했는데도 불구하고, 남궁씨가 모용세가의 허락을 받아 혼인에 대한 약속을 받았다고 했지, 아마?"

무림 세가나 문파의 여인들을 부럽게 하고, 질시의 대상이 됐던 소문의 주인공 모용 소저가 바로 이현이와 함께 있던 모용 소저였다니.

홍개가 입맛을 다신다.

다른 이들도 그런 덴 크게 관심이 없어 알지 못했던 일이었던지라, 홍개의 말을 듣고 조금 당황한다.

"이제라도 아셨으면, 그녀를 보내 주십시오."

"아무도 그녀를 강제로 잡고 있지 않습니다만."

진이현이 무표정한 얼굴로 남궁민의 말을 자른다.

"그렇다면 내가 그녀를 데려가도 아무도 막지 않을 거라 믿습니다."

남궁민이 자신의 뒤에 서 있는 창무대를 일별한다.

그 고압적인 자세가 가뜩이나 비위가 틀려 있던 홍개의 성질을 건드렸다.

"왜? 남궁 공자 뒤에 있는 그 시커먼 녀석들로 하여금 억지로 끌고 가려 그러는가?"

"필요하다면 그렇게 할 생각입니다."

홍개의 현재 상태가 그다지 좋지 않은 편이었다면, 남궁민 또한 그렇다.

"설마 힘없는 여인에게 무력을 쓰려 함인가?"

목영도 탐탁지 않다는 듯 끼어든다.

저 빌어먹을 산에서 있었던 일로 신경이 날카로워진 건 여기 있는 모두가 같았다.

"이건 남궁세가와 모용세가 사이의 약속이고, 지극히 개인적인 일이니, 다른 문파의 간섭은 거절 합니다."

남궁민이 진득한 살기를 담아 외치는 말에, 창무대 무리에서 강한 기운이 피어올라 주위를 압박한다.

스아아악.

낮게 내리깔린 기의 파동이 흙먼지를 휩쓸어 발치가 뿌예졌다.

하나 진가장 쪽 사람들이라고 만만할까.

오히려 더하면 더했지 덜하진 않은 이들이다.

"허, 참!"

홍개를 비롯해 누구 하나 눈썹 하나 까딱하지 않고, 오히려 창무대의 기운을 밀어내며 실력 행사를 한다.

이러다 싸움이라도 일어나면 자신은 큰일이 난다 싶었던 모용기가 둘 사이에 끼어들었다.

"운지는 제 동생입니다. 세가 내에서도 그 아이에 대해 말들이 많으니, 오라비 된 입장으로 마음이 아파 견딜 수가 없습니다. 지금 잠깐 잘못된 길로 들어섰다 해도 남궁 대공자가 흠잡지 않고 보듬어 안아 주겠다 하니…… 그 아이의 앞날을 위해서라도 저는 꼭 운지를 데려가야겠습니다."

다른 사람도 아닌 친오라비란 자가 동생을 내어 달라니, 진가장의 입장이 난감해진다.

뒤에서 지켜보고 있던 모용운지가 발을 내딛으며 앞으로 나서려 하자, 진이현이 그녀의 손목을 잡았다.

모용운지가 조금 놀란 표정을 짓더니 이내 부드럽게 미소 짓는다. 그리고 괜찮다는 듯 진이현의 손등에 제 손을 얹고 잡힌 손을 뺐다.

정혼자가 눈앞에 있음에도 전혀 상관하지 않는 모용운지의 행동이 남궁민에겐 자신을 모욕하는 걸로 비춰진다.

"기 오라버니."

모용운지가 모용기와 마주 보고 섰다.

"그래, 어서 세가로 돌아가자. 아버님께서도 널 많이 기다리고 계신다."

빤히 들여다보이는 거짓말에 모용운지가 힘없이 웃었다.

오라버니는 예전부터 거짓말을 잘 못 하는 사람이었다. 자신과 마찬가지로 세가에 적응하지 못해 괴로워하는 사람이었지.

그랬던 사람이…… 참 열심히 노력했구나 싶다.

"아버님께서 무영단을 내어 주시다니, 오라버니를 많이 믿으셨나 봐요."

"그, 그렇지? 그러니 이제 돌아가자. 네가 남궁 대공자와 혼인하게 되면 아버님께서 너는 물론 나를 대하는 태도도 달라지실 게다."

모용기가 자신이 바라는 대로 꿈을 꾼다.

"……저는 돌아가지 않아요, 오라버니."

하나 모용운지는 그의 꿈에 동참하지 않았다.

그녀에겐 자신이 바라는 꿈이 따로 있었으니까.

짜악!

모용기가 모용운지의 뺨을 호되게 후려친다.

"대모용세가의 여식으로서, 세가를 위해 희생하는 게 그리 아까우냐! 다른 여인들은 너보다 더 못나 아버님이 정해주신 대로 세가의 뜻을 위해 혼인하고 아이를 낳아 키우고 있는지 아느냐!"

"……그분들의 삶은 그분들이 선택한 것이고, 이것은 제가 선택한 저의 삶입니다."

모용운지는 붉게 손자국이 난 뺨을 가리지 않고 당당하게 말했다.

"그건 모용 소저가 잘못 생각하고 있소."

두 남매의 이야기가 끝나길 기다린 남궁민이 그녀의 손목을 잡으며 말했다.

무슨 뜻이냐는 듯 모용운지가 남궁민을 바라보자, 그가 아무런 감흥도 담기지 않은 목소리로 말을 이었다.

"당신은 당신의 삶을 선택할 자격이 없소. 원하는 걸 지켜 낼 힘이 없는 사람은 바라는 걸 고를 수 있는 자격 또한 없는 것이오."

남궁민이 끌고 가면 그녀는 끌려가야 한다. 죽지 않는 한은 벗어날 수 없을 터.

"그 손 놓으십시오."

진이현의 목소리가 들려왔다.

그는 자신이 저 여인을 사랑하는지는 확신할 수 없었다. 진가장의 첫째로서 가문의 안위를 위험하게 할지 모를 저 여인을 곁에 둘 수 있을지에 대해서도 자신이 없었고.

하지만 진이현 자신이, 저기 있는 이가 굳이 모용운지가 아니더라도 부당한 것을 보고 그냥 지나치지 않을 거라는 건 안다.

그래서 나설 수 있었다.

"싸우자는 건가?"

남궁민의 물음에 진이현이 서슴없이 검을 뽑아 든다.

"그게 당신이 원하는 바라면."

"다른 분들은 나서시지 않으시겠지요?"

진가장에서 나서면 창무대와 무영단도 검을 뽑을 거다. 그렇게 되면 누구건 죽지 않고선 끝나지 않는다.

그리고 이 일은 서로에게 이어질 굴레가 돼 앞으로 더 큰 피를 부르게 될 터.

자신들은 오대 세가 중 둘이고, 저들은 구파일방의 장로 중 셋이니까, 그 이름값만큼은 혈채를 받아 낼 수 있겠지.

진가장 따윈 애초에 남궁민의 셈에 들어 있지도 않았다.

"나서지 않으실 거다."

진이현이 대답한다. 그는 이 일이 다른 사람에게 빚으로 남지 않길 바랐다.

"다행이군. 이 이상 일을 벌이면, 세가로 돌아가서 아버님께 혼이 났을 게야."

남궁민이 농을 던진다.

하지만 그도 웃지 않고, 다른 이들도 웃지 않았다.

"나는 이 일이 끝나자마자 혼이 나야 하는데, 부럽군."

검을 남궁민 쪽으로 뻗은 진이현이 건조한 목소리로 중얼거린다.

쉬이이익!

진이현의 검에서 검기가 피어올라 검을 완전히 감쌌다.

"진 장주, 어찌 된 겐가? 이현이의 검이……?"

검기를 쓰기 시작했단 얘긴 들었으나, 저건 그 정도가 아니지 않은가.

"또…… 한 걸음 나아갔나 봅니다."

진호철이 자신도 믿기지 않는다는 듯, 너무나 대견하고 너무나 미안하여 어찌할 바를 모르는 얼굴로 대답했다.

아무것도 가르친 게 없는데, 자신의 아들은 혼자서도 꿋꿋하게 잘 해내고 있는 거다.

진이현의 검기가 뿜어내는 강렬함은 남궁민에게도 의외

여서 그의 눈매가 살짝 굳었다.

하지만 남궁민의 자존심상 절대 내색하지 않는다.

스릉!

검을 뽑아 든 남궁민도 진이현에 대항하여 검기를 피워 올렸다.

두 사람이 서로를 노려보며 살기를 뿜어냈다.

아 놔, 저런 씨 발라먹을 놈을 봤나!

사람이 염치가 있어야지! 남의 부인을 탐내?

우리 형수가 물건이야?

지 마음에 들면 가져가는 물건이냐고!

진유청은 원래 나서지 않으려 했었다.

두 사람이 자신으로 인해 한 번 어긋났음에도 불구하고 운명적으로 다시 만나 인연이 맺어졌다면, 곧 자연스레 과거와 같은 행복한 가정을 꾸릴 수 있게 되리라 생각한 거다.

한데 안 그래도 남궁혁 놈 때문에 이가 득득 갈리는 남궁세가에서 자신의 형에게 칼질을 하고 형수를 뺏어 가려 하니 더 이상 참을 수가 없었다.

"안 돼요!"

진유청이 문 앞에 선 홍개와 청운자 사이로 머리를 쑥 내밀더니 양팔로 두 사람을 밀쳐 내고 앞으로 뛰어간다.

"유청아!"

놀란 진호철이 진유청을 잡으려 손을 뻗지만, 그의 손은 허공을 가른다.

분명 손에 잡히는 감촉이 있었는데!

"맞아, 나도 저랬어."

홍개가 제 손을 내려다보며 미간을 좁히는 진호철에게 공감한다.

그렇게 아버지의 손을 잽싸게 피한 진유청은 남궁민과 대치하고 있는 제 형에게로 가는 게 아니라 모용운지 쪽으로 방향을 틀었다.

"형수님!"

남궁민이 멈칫하여 소리가 들려온 쪽으로 고개를 돌린다.

그건 진이현도 마찬가지.

형수? 누가?

진유청은 형의 따가운 시선을 외면하며 다시 한 번 외쳤다.

"형수님, 여기 계시면 어떻게 해요!"

"그게……."

모용운지가 뭐라고 대답할 말을 찾지 못하자, 진유청이 그녀의 손을 꼭 잡았다.

"우리 유모가 그러는데, 애기 낳을 사람은 항상 몸조심해야 한댔어요. 좋은 거만 보고 예쁜 거만 먹고요. 그런데 이렇게 나쁜 기운이 잔뜩 있는 데 서 계시면 안 되잖아요."

애…… 애기?

사람들이 경악하자, 진유청이 보란 듯 제 열 손가락을 쫙 펼쳐 보이더니 숫자를 센다.

"음, 음…… 일곱 달! 그래, 일곱 달 지나면 저한테 예쁜 조카가 생길 거라고 하셨잖아요."

진유청이 해맑게 웃으며 말한다.

구체적인 산달까지 나오자 진실성이 더해진다.

좌중의 시선이 모두 모용운지의 배로 향했다.

"근데 배가 하나도 안 나왔네?"

"원래 석 달째까진 애 들어선 거 티 하나도 안 나는 사람도 있다더라."

홍개가 아는 척을 한다.

"축하합니다, 진 장주님."

마봉구가 헤벌쭉 웃으며 인사를 한다.

상황이 안 좋긴 했어도, 그래도 진가장에 새 생명이 태어나는 건 어쨌거나 좋은 일 아닌가.

"고, 고맙네, 마 장주."

진호철이 얼떨결에 인사까지 받는다.

남궁민의 떨리는 시선이 모용운지에게 꽂힌다.

그러고 보니 자신에겐 한 번 웃어 주는 것도 어려워하던 그녀가 눈앞의 사내에겐 참 쉽게 웃어 주었다. 보드라운 손에 자신의 손을 얹으면 그녀는 조심스레 제 손을 빼내고 다른 곳을 바라봤다.

마냥 부끄러워 그런가 보다 생각하며 난 그조차 지켜 줘야 한다 생각했었지.

하지만 아니었던 거다.

저 사내에겐 참 쉬운 건데, 자신에게만 어려웠던 거였다.

그녀가 다른 남자를 사랑할 수 있다고 생각하면서도, 왜 그 남자의 아이를 가졌을 거라곤 생각지 못했을까?

자신에게 너무 냉정했던 여인이라 그 사내에게도 그럴 거라 믿어서?

남궁민이 허탈하게 웃는다.

"우, 운지야, 너 그게 정말이냐?"

모용기는 남궁세가와 모용세가 사이가 회복될 길은 없을 거란 생각에 눈앞이 캄캄해졌다.

남궁 대공자가 동생을 감싸도 이젠 안 된다.

남궁 가주가 아무리 남궁민을 총애한다 해도 다른 사내의 아이를 배에 품었던 여자를 적통 후계자의 짝으로 받아줄 리가 없었다.

"아직도 저 여인을 강제로라도 데려갈 작정이오?"

청운자가 정문에서 걸어 나왔다. 그는 더 이상 방관하지 않을 작정이다.

청운자의 곁으로 사람들이 모여들었다.

진가장의 아이를 품은 여인이라면 진가장의 식구고, 자신들의 가족이다.

분위기가 급변하자 모용기가 남궁민에게 말한다.

"남궁 대공자, 이만 갑시다. 더 이상 여기 있어 봤자 무슨 좋을 꼴을 보겠습니까. 나는 이제 동생 하나 없는 셈 치려 합니다."

모용기가 차가운 눈으로 모용운지를 쏘아본 뒤 고개를 돌려 외면한다.

남궁민이 진이현을 향했던 검끝을 천천히 내리더니 검집에 집어넣었다.

"넌 운이 좋구나."

어느 쪽이건 간에 말이다.

진짜 임신을 했는지 확인해 보겠다는 치졸한 말 따위를 뱉는 순간, 스스로가 진창에 처박힌다는 걸 알기에 남궁민은 미련을 끊었다.

이를 으득 깨문 남궁민이 모용기와 함께 진가장 정문을 벗어나려는데, 목영이 그를 불렀다.

"이보시게, 남궁 공자."

남궁민이 걸음을 멈췄다.

"왜 그러십니까?"

"혹시…… 산을 넘을 때 이상한 무리들을 만나지 않았던가?"

남궁 대공자 일행의 행색을 보건대 분명 소소한 전투를 몇 번 치른 듯했다.

만약 남궁 대공자 또한 화산의 일을 알고 있다면 증인이 생긴다. 화산파를 비롯해 연이상단까지 압박하여 진상을 캐낼 수 있을지도 몰랐다.

남궁민이 목영은 물론 그의 주위에 선 진가장 사람들과 시선을 맞춘다.

그의 눈이 사람들을 한 명씩 훑다 진이현을 지나쳐 모용운지와 그녀의 손을 잡고 있는 진유청에게서 멈춘다.

"나는 아무것도 보지 못했습니다."

남궁민이 그 말을 끝으로 몸을 돌려 걸어간다.

"하아, 때가 좋지 않았군."

목영은 좋은 기회를 놓쳐 안타까웠지만 어쩔 수 없는 일이었다. 지금 당장은 하늘이 원하는 시기가 아닌 모양이다.

남궁민 일행이 조용히 사라지자, 진가장 정문 앞엔 침묵이 내려앉는다.

그렇게 얼마나 시간이 지났을까.

"이현이 너는 나 좀 보자꾸나."

진호철이 정적을 깼다.

"제가 아닙니다."

진이현의 담담한 목소리에 진호철의 눈에서 불꽃이 튄다.

"니가 아니면 누구냐? 응?"

"하지만……."

"하지만은 무슨 하지만! 내 너를 그렇게 키웠느냐!"

진호철이 버럭 소리치며 진이현을 윽박지른다.

호오, 아버님이 형님을 혼내는 모습은 처음 본다!

진유청이 눈을 빛내며 그 광경을 주시하다가, 진이현과 시선이 마주쳤다.

헤에에.

진유청이 삐죽 솟구친 입가를 내보이며 눈을 반달로 만든다.

"나중에 얘기하도록 하지요."

진이현이 한숨을 내쉬며 고개를 저었다.

좀 전의 태풍 같은 일이 지나갔는데, 또 벼락같은 얘길 했다간 아버님이 뒤로 넘어가실지도 몰랐다.

"나중은 무슨 나중!"

진호철이 눈을 마구 부라리는데, 홍개가 그런 진호철을 툭툭 친다.

"왜 그러십니까? 지금은 바쁘니……."

홍개가 말없이 손가락으로 모용운지를 가리켰다.

"아……!"

진호철이 그제야 모용운지를 덩그렇게 혼자 세워 뒀단 걸 깨닫고 미안해한다.

……그, 그렇긴 한데, 한나절 전에 처음 보고 갑자기 시

아버지 행세를 하려니 너무 어색하군.

진호철이 쉽사리 발을 떼지 못하자, 뒤에 있던 이들이 그의 등을 툭툭 떠밀어 앞으로 나서게 한다.

진호철이 숨을 한 번 크게 들이 마쉬었다 내쉰 뒤, 모용운지를 향해 천천히 걸어갔다.

"들어가자꾸나. 찬바람은 아기한테 좋지 않단다."

진호철이 조심스레 모용운지를 부축한다.

진유청은 자신을 따갑게 쏘아보는 진이현의 시선을 피해 재빨리 아버지 옆으로 따라붙어 집 안으로 들어갔다.

"그래도 그렇지, '제가 아닙니다'는 좀 너무했어, 자네."

홍개가 진이현에게 실망했다는 듯 혀를 찬다.

"당황하면 그럴 수도 있지. 이해한다네."

"평생 여자 손목 한 번 안 잡아 본 중이, 이해는 무슨 이해!"

"그러는 도사는 언제 여자 손목 잡아 본 적이 있나!"

세 사람의 악의 없는 푸닥거리를 지켜보던 진이현이 남몰래 한숨을 내쉬었다.

"왔나."

서경왕 주익이 환성을 반가운 얼굴로 맞이했다.

"이리 반겨 주시니 감사할 따름입니다."

환성이 부드러운 어조로 주익을 향해 예를 표한다.

"당연한 게 아닌가. 자네라면 이 주익이 맨발로라도 뛰어나가 마중을 해 줄 만하지."

서경왕 주익은 선대 황제의 다섯 번째 아들로, 현 황제 주찬성이 일으켰던 황위 다툼에서 살아남은 유일한 형제였다.

"자, 아버님께 인사드려야지?"

환성이 자신의 오른쪽에 서서 옷자락을 잡고 놓지 않으려는 이원형의 어깨에 손을 올린다.

좀 전까지만 해도 방긋방긋 웃으며 환성에게 어리광을 피우던 이원형의 얼굴이 딱딱하게 굳어 있다.

"아, 아버님. 다녀왔습니다."

이원형이 몸을 희미하게 떨며 주익에게 인사를 한다.

"그래, 숙부와 지낸 시간은 즐거웠느냐?"

주익이 이원형을 내려다보며 묻는다.

"네. 환성 숙부님이 무척 잘해 주시고, 연이상단의 분들께서도 모두 저를 귀여워해 주셨지만, 예의 바르고 착하게 행동하였습니다."

미리 외워 놓은 얘기를 그대로 풀어내는 것처럼 건조했으나, 주익은 개의치 않는다. 아이가 자신이 원하는 대답을 하고 있다는 게 중요할 뿐.

"잘했다. 어디서건 네 위치를 잊지 말거라."

주익은 나이가 어리다 하여 봐주는 사람이 아니다.

"명심하겠습니다, 아버님."

이원형이 마른침을 삼키며 눈치를 보는 모습이 안쓰러웠는지 환성이 그의 어깨에 올린 손을 토닥거린다.

그제야 이원형의 얼굴에 서린 긴장이 조금 풀린다.

"나는 네 숙부와 할 얘기가 있으니, 네 방에 가 있어라."

주익이 거치적거리는 이원형을 치우려 하자, 그가 울상을 지으며 환성을 올려다본다. 숙부와 떨어지기가 싫었기 때문이다.

이원형은 환성 숙부가 세상에서 제일 좋았다. 다정하고, 온화한 환성 숙부는 황제 폐하께도 총애를 받고, 연이상단이란 큰 상단의 주인이기까지 해서, 이원형이 가장 닮고 싶은 사람이기도 했다.

돌아 가신 아버지는 자신을 환성 숙부에게 맡기지, 왜 서경왕 전하께 맡겼을까?

환성 숙부 곁에선 뭐든 제 하고 싶은 대로 다 할 수 있는데 말이다.

얼굴도 모르는 아버지가 원망스러웠으나 어쩔 수 없다.

"뭐 하느냐. 빨리 가지 않고."

주익의 차가운 목소리가 귓전에 내려앉자, 이원형이 화

들짝 놀라 환성을 올려다보던 시선을 바닥으로 향하고 제 방이 있는 쪽으로 발을 내딛었다.

"아비와 숙부에게 인사는 하고 가야지. 버릇이 없구나."

주익의 말에 주눅이 든 이원형이 그 자리에서 바로 몸을 돌려 허리를 깊숙이 숙여 보인다.

주익은 마땅찮다는 듯 알았으니 가 보라며 손사래를 치는 걸로 이원형을 보냈다.

"전하, 아직 어린아이이지 않습니까."

움츠러든 이원형의 뒷모습에 마음이 안 좋았는지 환성이 조심스레 입을 연다.

하나 주익은 오히려 환성에게 타박을 줬다.

"자네는 아이를 귀여워만 하지, 가르칠 줄은 모르는군. 자네가 아직 아이가 없어 모르나 본데, 애들은 엄하게 키워야 하는 법이야. 미리 잘 가르쳐야 나중에 쓸모 있는 어른으로 자라지 않겠나. 저 아이가 자네와 나들이를 다녀오면, 제몸을 놀릴 꾀만 늘어나는 거 같으니, 한동안은 외출을 금하는 게 낫겠어."

양아버지의 목소리가 이원형의 발목을 무겁게 잡는다.

아이는 발을 질질 끌며 새어 나오는 울음을 억눌렀다. 늑장을 부렸다간 또 불호령이 터져 나올 게 분명했기 때문이다.

"전하, 꼭 그러실 필요는……."

환성의 말이 드문드문 들려오지만, 이원형은 끝까지 듣지 못했다.

"들어가서 얘기하지."

주익이 환성을 안내하여 다른 쪽으로 움직였기 때문이다.

이원형은 자신의 양아버지가 근방에 없다는 것만으로도 막혔던 숨이 탁 풀렸지만, 이내 울적한 얼굴을 한다.

숙부와의 나들이가 갈수록 어려워졌기 때문이다.

"공자님, 전하께서 공자님이 오시면 쉬는 동안 밀려 두었던 공부 진도를 마쳐 놔야 한다고 이르셨습니다."

맞은편에서 이원형을 기다리고 있던 사내가 다가와 앞으로의 일정을 말한다.

"알겠다."

이원형이 터벅터벅 사내의 등을 쫓아 제 방으로 향한다.

며칠은 밤을 새야 환성 숙부와 나들이를 다녀오느라 하지 못했던 공부를 끝마칠 수 있으리라.

만약 양아버지가 얘기한 대로 하지 못하면, 호된 벌을 받을 게 뻔했기에 걱정이 태산 같았다.

"그래, 연이상단의 일은 잘돼 가고 있나?"

"폐하께서 아낌없이 베풀어 주신 덕분에 상당히 많은 무림인들을 회유하고 움직일 수 있었습니다."

"화산파에서 일어난 일로 인해 타격이 있을 줄 알았는데,

그렇지도 않은 모양이군."

"그 일은…… 조용히 처리했습니다."

조용히라……. 무서운 말이다.

"폐하께선 별말씀 없으시던가?"

아직까진 연이상단 일엔 황궁의 손이 많이 들어가 있다.

그러니 폐하께서 구체적인 사실까진 모르시더라도 당신 모르게 어떤 일이 벌어지고 있다는 것 정도는 이미 눈치를 채셨을 텐데 말이다.

황제 주찬성의 성격상 수하들이 자기 모르게 일을 꾸미거나, 직권을 남용하는 걸 용납할 리가 없었다.

"그냥 알아서 잘할 거라 생각한다고만 하셨습니다."

환성의 대답에 주익이 역시나 라고 생각한다.

그런 황제에게 있는 단 하나의 예외가 바로 환성이었으니까.

"그렇겠지. 그분은 자네 일이라면 덮어놓고 믿어 주시는 분이 아니던가."

주익의 입가에 씁쓸한 미소가 깃든다. 친형제보다도 눈앞의 사내를 더 아끼시는 분이 바로 현 황제 폐하였다. 물론 그럴 수밖에 없게 만든 일이 있긴 했지만.

"자네는 모두가 그분을 외면할 때 그분의 편에 섰던 유일한 이니 당연한 거겠지."

주익이 앞에 놓인 찻잔을 제 눈높이까지 들어 올려 자신의 시야에서 환성의 온화한 얼굴을 반쯤 가린다.

사람들은 현 황제 폐하의 호전적이고 광폭한 성격을 두려워하고, 예외를 인정하지 않고 모두에게 같은 잣대를 들이대는 주익 자신의 독선이 자기에게 행해질까 걱정한다.

하나 정작 주시하여 경각심을 가져야 할 이는 주익 자신의 눈앞에 있는 저 온화한 사내라는 걸 아는 이가 대체 얼마나 있을까.

그럼에도 불구하고 찻잔 테두리 위로 보이는 환성의 따스한 눈매가 거짓이라곤 생각할 수 없어 주익은 소름이 끼쳤다.

스스로 사람 보는 눈이 없진 않다 여기는 주익이기에 더 그렇다.

어쩌면…… 저 눈동자에 담긴 온기는 진짜일지도 모르지.

"가끔 궁금할 때가 있다네."

뜬금없이 툭 내뱉는 주익의 말에 환성이 의아한 어조로 되묻는다.

"뭐가 말입니까?"

"자네는 이제 모자란 게 없는 사람이 아닌가. 다 가졌다고 할 수 있지. 황제 폐하께선 그것도 부족하신지 아직도 더 베풀어 주려고만 하시고."

잠시 말을 끊은 주익이 환성을 직시하지만, 그는 시선을 피하지 않았다.

환성이 조용히 찻물로 입안을 적신다.

"한데 자네는 왜 그런 선택을 했나?"

껄끄러운 질문일 텐데도 환성은 별다른 기색 없이 찻잔을 탁자 위에 내려놓으며 대답했다.

"뭐, 나쁜 놈에겐 나쁜 놈만의 사정이 있지 않겠습니까?"

중년에 가까운 나이인데도 아직도 저리 희고 깨끗하게 웃을 수 있는 이가 있다는 게 신기하다.

"그런가?"

"그렇습니다. 저는 여전히 그날 폐하를 위해 제 가문을 버린 걸 후회하지 않습니다."

"그렇군."

주익이 간단하게 이해한다.

사람은 가끔 그럴 때가 있다. 자신이 내린 선택에 대해 후회는 하지 않지만, 그래야만 하도록 자신을 몰고 간 상황이 사무치게 미워질 때.

그 원인에 대한 원망이 시간이 지날수록 미움으로 변해 폭발하면, 결국 분노가 남는다.

황제 폐하의 성정이 조금만 덜 포악스러웠어도 환성은 제 가족을 잃어야 할 정도의 극단적인 선택은 하지 않아도 됐을 것이다.

다른 이들은 그 사실이야말로 황제 폐하에 대한 충성의 증표이자, 현재의 환성을 있게 한 발판이라 얘기하지만, 과연 환성 본인에게도 그럴까?

그에게 있어 과거는 평생 짊어지고 가야 할 낙인일 터.

지금도 자신의 선택을 후회하지 않는다는 환성은 다시 태어나 똑같은 상황이 닥친다 해도 같은 선택을 할 것이다. 말하자면 그는 변명조차 통하지 않는 악몽 속에서 살아가고 있는 거나 다름없었다.

"원형이 그 아이에 대한 애정도 그것과 같은 건가?"

주익이 자신의 양아들에 대해 말한다.

"귀여워하고 아끼지만, 어차피 필요할 때 쓰고 버릴 속셈이 아니냐, 이 말이십니까?"

"자네는 정말 그러려고 하는가?"

"……원형이는 혈사방주가 될 겁니다. 그 아이는 전대 혈사방주가 남긴 유일한 자식이지 않습니까."

환성의 대답은 이제까지완 다르게 명확하지 않았다.

"흐음."

나직하게 신음을 흘린 주익이 고개를 저으며 말한다.

"현재의 혈사방주인 이두원은 동생을 죽이면서까지 방주가 된 인물이 아닌가. 그런 사람이 동생을 죽일 때 자취를 감췄던 어린 조카가 나타나 자기 자리를 위협하면 어찌하겠나? 순순히 제자리를 내어 줄까?"

주익 자신이 황제 자리에 올랐을 때, 사라졌다 나타난 조카 주태민이 그 자리는 자신의 것이니 돌려 달라 한다면 어떨까.

자신도 절대 그냥 물러나진 않을 거다.

"그러니 이두원의 목을 틀어쥐어야지요. 그런 다음, 그가 전대 혈사방주를 몰아낼 때 도움을 얻었던 미지의 세력에 대해 알아낼 겁니다."

황제를 등에 업은 연이상단의 주인인 그가 혈사방을 손에 넣고, 그 뒤에 모습을 감추고 있는 암중의 세력까지 파고들어 천하를 뒤흔들려 한다.

"자네는 무엇을 위해 그리 달려가는가."

주익은 전혀 짐작도 가지 않았다.

환성이 주익을 빤히 바라본다.

"오늘 전하께선 다른 때와 달리 궁금하신 게 참 많은가 봅니다. 혹시 원형이를 맡아 두고 계신 게 불편하신 거라면……."

"아니네. 이제 와 그 아이의 존재가 내게 불편할 게 무어 있겠나."

황위 다툼이 벌어졌던 그때, 모든 형제가 죽고 자신만 살아남을 수 있었던 건, 자신이 현 황제 주찬성과 같은 이황후의 자식이기 때문이 아니다.

어마마마의 막내아들이었던 경후는 황자의 난이 끝날 때

쯤 반역의 굴레를 쓰고 결국 죽임을 당했으니까.

주익 자신이 살아남을 수 있었던 건 오직 환성이 형님을 말려 주었기 때문이다.

주익은 성격이 독선적이고 고집이 셌지만 은혜를 모르는 위인은 아니었기에, 칠 년 전 환성이 이원형을 안고 찾아왔을 때 고민하지 않고 그를 받아들였다.

"내 목숨은 자네에게 구함받았으니, 자네가 앞으로 어떤 길을 걷던 나는 도움을 줄 것이야."

주익의 말에 환성이 답한다.

"황제가 되십시오. 제가 전하를 황제로 만들어 드릴 겁니다."

"자네가 그렇다면 그런 거겠지."

주익이 고개를 끄덕였다.

第九章

무진이 혈불이 된 이유!

진가장은 그 어느 때보다 북적댔다.

바로 진유청이 열네 살을 맞이하는 아침인 것이다.

진유청 본인이 생일잔치에 대해 특별히 애착을 갖는 것도 아닌데, 주변에서 더 난리다.

"뭐, 내 생일이 동네 잔칫날인 건 이제 익숙하지."

진유청이 혼잣말을 중얼거린다.

아침 인사를 드리러 아버지의 집무실로 간 진유청은 안에 손님이 있는 걸 확인하고 밖에서 기다린다.

자신의 생일 준비를 위해 일찍 온 사람들 중 몇이 아버지에게 인사를 하러 온 모양.

한데 안에서 들려오는 얘기가 인사보단 좀 심각했다.

"하지만 회주님, 불안해서 밤에 잠이 안 옵니다."

흐음, 이거 마 장주님 목소린데?

요즘도 불면증에 시달리시나?

"매일 무공 수련만 할 수도 없고, 없는 정보를 얻겠다고 맨바닥을 손톱으로 긁어 댈 수도 없는 게 아닙니까."

"그건 그렇지요."

"다들 자신들의 자리에서 매일매일 열심히 준비하고 계십시오. 위험이 닥쳤을 때 소중한 걸 지킬 수 있도록 방비하겠다고 당장 눈앞에 있는 소중한 걸 내팽개쳐 둔다면, 그야말로 주객전도가 아니겠습니까?"

와아, 우리 아버지 말 잘한다!

동심회의 중심인 진가장부터가 하남에선 제법 알아주는 명문이라 해도, 무림맹만 나가도 알아봐 주는 이 없이 발에 차이는 그저 그런 가문이다.

그나마 나은 편인 진가장이 그 정도이니, 다른 문파나 가문의 주인들은 하남에서나 어깨 좀 펴고 사는 분들이다.

무림에 깨처럼 뿌려져 있는 수많은 중소 문파들 중 하나일 뿐, 그 이상도 이하도 아니란 소리.

그렇다 보니 저번에 있었던 큰일에 충격을 많이 받았는지 종종 저렇게 진호철에게 상담을 하러 오곤 했다.

그도 그럴 만한 게, 지금은 소림이나 개방, 무당의 장로들이 동네 할아버지 수준이 돼서 편해지긴 했어도, 예전엔 하늘 위의 하늘이라며 말 붙이는 것도 어려워했던 것이다.

그런 이들에게 연이상단이라는 둥 화산파라는 둥 천하가 들썩일 일이 암중에 숨어 있다는 둥…….

거기에 더해 황제 폐하까지 거론됐으니, 심장이 벌렁거릴 만도 하다.

진유청은 저들의 두려움이 하찮게 보이지도 않았고, 저들이 하는 말이 허술하게 느껴지지도 않았다.

그럴 만하니까 그러는 거다.

무림의 평화를 위해 이 한 몸 바치겠다며 필요 이상으로 어깨에 힘을 주거나, 반대로 겁을 집어먹고 완전 움츠러들어 딴생각을 품는 이들이 없다는 게 어디냐?

당장 연이상단에 쳐들어가자고 설레발을 치는 이가 없는 게 차라리 고맙지 않은가?

연이상단 외에도 혈사방과 진명회가 버티고 있단 걸 아는 진유청은 충분한 준비 없이 연이상단을 헤집어 자신들을 노출시키면, 후에 어떤 결과가 돌아올지 예상이 됐기에 더 그랬다.

그러니 지금 열심히 서로의 의견을 나누며 하남성 안에서 자신들이 할 수 있는 선 안의 일들에 집중해 노력하는 모습이 보기 좋다.

거기서부터 시작하면 되는 거니까.

"그래도 불면증은 정말 안 좋은 건데. 약이라도 좀 구해

다 드려 볼까?"

진유청이 걱정스레 중얼거리는데, 문이 열리고 안에서 마 장주를 비롯해 여러 사람이 우르르 쏟아져 나왔다.

"어? 유청아. 생일 축하한다."

퀭한 눈이 험상궂은 얼굴을 좀 더 무섭게 만들었지만, 정이 담뿍 담긴 목소리가 듣기 좋다.

"감사합니다!"

진유청이 헤헤 웃으며 대답했다.

여기저기서 진유청을 향한 인사가 들려오고, 진유청은 일일이 답례를 했다.

"유청이가 왔느냐?"

밖의 소란에 유청이가 왔음을 알고 진호철이 집무실 밖으로 나왔다.

"저흰 가서 생일상 차리는 걸 돕겠습니다."

마 장주와 다른 이들이 휑하니 가자, 두 부자만 남아 서로 얼굴을 마주 본다.

진유청은 아버지에게 꾸벅 인사를 한 뒤 말했다.

"낳아 주셔서 감사합니다, 아버님!"

마음을 담은 진심이다.

진유청이 할 수 있는 한의 최고의 표현.

"……내가 널 낳은 건 아니다?"

그, 그야 그렇겠지요.

저도 아버지 엉덩이에서 제가 나왔다곤 생각지 않습니다만…….

"어쨌건 그리 말해 주니 고맙구나."

진호철이 양팔을 벌려 아들을 품에 꼭 안았다.

그 갓난아이가 벌써 열네 살이 됐다니……. 세상에서 가장 신비로운 게 바로 세월이런가.

너무 잘 자랐다.

사고를 너무 쳐서 문제지만.

갑자기 진호철의 손에 힘이 꾹 들어가는 것이…….

"아버님, 또 그 생각하셨지요?"

"알면 됐다."

"벌써 언제 적 일인데, 이만 잊으세요!"

"객관적으로 따져 봐도 얼마 되지 않은 거 같다만?"

일명 모용운지 임신 사기 사건이라 해야 하나.

그날 진유청은 비 오는 날 먼지 나도록 맞는다는 게 어떤 건지 경험해 봤다.

그 다음날은 여기저기서 던져 대는 따갑다 못해 아픈 시선에, 눈 오는 날 발가벗고 밖에 나가면 얼어 죽기 전에 쪽팔려 죽을 수도 있겠구나…… 라는 걸 알게 됐고.

그 다음다음 날은 형님과 독대하며, '무릎 꿇고 하루 종일 있으면, 차라리 우화등선하고 싶어질 수도 있구나!' 라고 생각했다.

그 며칠 동안 있었던 일이 머릿속에 새록새록 떠오르자 등줄기에 소름이 돋는다.

"그래, 오늘은 네 생일이니 그만 넘어가자."

생일 지나면 또 우려 드시려고요?

찻잎도 그만큼 우렸으면 버릴 때가 지났는데, 기억도 가끔은 한 번씩 지워 주셔요.

진유청이 한숨을 푹 내쉰다.

"저기 네 형과 모용 소저가 오는구나."

"어?"

진유청이 고개를 들고 저편에서 다가오는 잘 어울리는 한 쌍을 바라본다.

자신은 저 둘을 이어 주겠다며 이 한 몸 바쳐 노력했는데…….

좋은 건 둘이 먹고, 쓴 것만 자신에게 밀어 놓고!

혼날 때도 편을 들어주기는커녕, 옆에서 같이 인상이나 쓰고!

진유청은 정말 형님 눈에서 검기가 뿜어지는 줄 알았다.

갑자기 심술이 난다.

하지만…….

"유청이 일어났느냐?"

"네, 형님!"

진유청이 손바닥을 싹싹 비비며 형님에게 다가간다.

가출에 더해진 사기 사건으로 인해 형님의 화가 아직 다 안 풀린 관계로, 심술은 좀 더 나중에……. 형님 화 다 풀린 다음에 부려야 할 것 같다.

열네 살엔 인생 좀 피려나 했더니만, 어째 똑같이 찌질한 게…….

"난 언제쯤 찌질에서 벗어나 보려나."

진유청이 남몰래 한숨을 쉬었다.

"언니!"

진이현을 좋아하는 단리혜가 분명 모용운지를 싫어할 거라 생각했던 진유청의 예상은 보기 좋게 빗나갔다.

"혜아 왔구나."

모용운지가 밝은 얼굴로 혜아를 맞이한다.

"언니 보고 싶어서 할아버지를 졸라서 빨리 왔어요."

저 여우 꼬랑지, 아니 아니지.

이젠 여우 꼬랑지가 아니라 진짜 여우가 됐다.

그것도 꼬리 아홉 개는 달렸을 듯.

"유청이가 심술부리면 조량 오라버니와 같이 우리 집으로 오세요. 제가 잘해 드릴게요."

소곤거리는 척하지만 다 들린다!

언제부터 알았다고 저렇게 친한 척이야!

진유청이 퉁퉁 부운 얼굴로 혜아를 노려본다.

혜아는 혀를 쏙 내밀더니 자기가 언제 그랬냐는 듯 모용운지 곁에 착 달라붙었다.

모용세가의 꽃이라고까지 불릴 만큼 아름다운 모용운지에, 새카만 눈동자에 흰 피부가 눈에 띄는 예쁘장한 혜아가 나란히 있으니 확실히 눈요기는 되지만…….

재, 정말 괜찮은 거야?

너 우리 형님 엄청 좋아했잖아?

분명 과거엔 혼인도 안 하고 혼자 살았을 만큼 일편단심이었던 거 같은데…….

진유청이 걱정스런 눈으로 혜아를 바라보자, 혜아가 얼굴을 살며시 붉힌다.

모용운지가 둘을 번갈아 가며 바라보더니, '아아, 그랬구나' 하는 얼굴로 웃는다.

하지만 진유청과 단리혜 사이의 묘한 분위기는 오래가지 않았다.

"유청아, 생일 축하해!"

갑자기 여자아이들이 진유청에게 다가왔다.

진유청이 고개를 갸웃거리며 누군지 궁금해하다가 누군가를 떠올린다.

"호선이 누나들이구나."

"응! 반가워."

오검문주 유태의 딸들이 진유청을 둘러싸고 종알종알 새

처럼 지저귀며 인사를 하고 말을 거느라 정신이 없다.

진유청은 역시 '자신이 인기가 없는 게 아니었어' 라고 생각하며 어깨를 으쓱거린다.

봐라, 여우야.

나 꽤 인기 있지?

진유청이 혜아를 힐끔거리는데…… 엥?

혜아가 새침하게 입을 모으고는 자신을 노려보고 있었다.

저 까칠한 여우는 또 뭐가 불만인 거야?

진유청이 미간을 찡그리며 말을 걸려는데, 방해하는 이가 너무 많다.

"난 유미선이야, 호선이 큰누나."

"언니도 참. 내가 먼저 인사했는데! 나는 미란이야, 둘째 유미란……."

마, 말이 너무 많아!

진유청은 좀 전에 자신이 뭘하려고 했는지조차 잊고 여자아이들에게 끌려다녀야 했다.

생일잔치가 시작되고 나서도 진유청은 여자아이 셋에게 둘러싸여 있었다.

"혜아야, 너도 가 봐."

모용운지가 심통이 잔뜩 난 혜아를 떠밀어 보지만, 혜아는 진유청을 본 척도 안 하고 고개를 획 돌린다.

"안 갈 거예요."

말은 그리하면서도 내내 신경이 쓰이는지 저도 모르게 한 번씩 유청이 쪽을 바라보고 미간을 찡그리는 모습이 인형처럼 귀엽다.

"난 옛날부터 혜아 같은 여동생이 있었으면 했지."

모용운지가 혜아의 볼을 꼬집는다.

"언니도 차앙!"

발음이 새서 앙앙거리는 입 모양도 어찌나 예쁜지.

"아유, 예뻐라."

모용운지가 혜아의 뽀얀 뺨에 자신의 볼을 비빈다.

진유청이 고개를 돌렸다가 그 모습을 보고 피식 웃었다.

형수님이 혜아가 마음에 들었나 보네.

정말 귀여워하시는걸?

진유청이 다른 데 정신을 팔자, 샘이 난 미선이 진유청의 팔을 잡아당긴다.

왜 그러냐는 듯 진유청이 자기에게로 시선을 돌리자 미선이 배시시 웃어 보인다.

그러자 이번엔 미란이 토라져 진유청의 팔을 잡아당겼다.

"유청 오라버니는 내가 예뻐요, 미선이 언니가 예뻐요?"

"으응?"

이건 무슨 소리야?

진유청이 단번에 알아듣지 못하자 미란이 빽 소릴 지

른다.

"미란이가 예뻐요, 아니면 미선이 언니가 더 예뻐요?"

자기가 더 예쁘다는 듯 눈을 깜빡거리며 진유청을 바라본다.

어린 마음에 상처를 줄 수도 없고 참…….

"으응. 니, 니가 더……."

"정말요?"

미란이 활짝 웃으며 언니에게 보란 듯 과시하자, 미선이 눈을 가늘게 뜨고 진유청을 노려본다.

"유청인 정말 미란이가 나보다 더 예뻐? 미란이가 나보다 더 좋은 거야?"

둘이 진유청의 팔을 한쪽씩을 잡고 자기 쪽으로 끌며 물어본다.

"내가 더 예쁘다고 했잖아! 그러니까 날 더 좋아하는 거지!"

아, 시끄러워.

어린애들인데다 호선이 누나들이라서 참으려고 했는데, 귀에 쟁쟁 울리는 소리가 따가울 정도다.

진유청이 미간을 찡그리는 데도 불구하고 두 여자아이는 계속 누가 더 좋으냐며 얘기해 달라고 채근을 했다.

진유청이 둘에게서 자신의 팔을 슥 빼낸다.

"얘기해 줄 테니 잘 들어!"

그가 정색을 하고 말하니 두 여자아이가 입을 다물고 고개를 끄덕인다.

저쪽에 있던 혜아도 토끼처럼 귀를 쫑긋거리며 진유청의 다음 말을 기다린다.

진유청이 두 아이를 번갈아 가며 바라보더니 입을 열었다.

"난 내가 제일 좋아."

주위가 조용해진다.

"나와 미란이 중 누, 누가 더 좋으냐니까?"

"내가 제일 좋다니까?"

진유청은 자신의 주장을 포기하지 않았다.

"그, 그럼 누가 더 예쁜데?"

미선이는 포기하지 않았다.

진유청이 속으로 혀를 차며 대답해 줬다.

"내가 제일 예뻐. 이 빵빵한 볼과 큰 머리, 짧은 다리, 뭐 하나 흠잡을 데가 없잖아. 안 그래?"

진유청이 손을 탁탁 털더니 휑하니 가 버린다.

"풉!"

혜아가 터지려는 웃음을 억지로 참으며 손으로 입을 가렸다.

"으아아앙!"

미란과 미선이 울음을 터트리자 한발 물러나 구경을 하

고 있던 미진이 언니 둘을 다독여서 어머니에게 데리고 갔다.

모용운지와 혜아가 서로 눈을 마주치더니 어깨를 가늘게 떨며 킥킥댔다.

"유청아, 소림의 방장님께서 오셨다. 인사해야지."

진호철이 유청이에게 말한다.

"와 주셔서 감사합니다!"

어린아이의 생일을 축하하기 위해 소림 방장이 움직인다는 건 전대미문의 일이다.

물론 오직 그 이유 때문이었다면 목인도 축하 선물을 보내면 보냈지 여기까지 오진 않았을 테고.

진이현에게 죽었던 화산파 장로의 이름이 심인학이란 걸 알게 된 건, 그 일이 있은 얼마 후 화산파에서 공식적으로 파문된 제자들의 명단을 공개했을 때였다.

청운자와 홍개, 그리고 목영이 자신들의 문파로 돌아간 뒤, 정식으로 동심회와 연대하고 싶다는 서신을 보내왔다.

물론 동심회에서도 회의를 거쳐 그들을 받아들였다.

연이상단과 무림맹의 몇 개 거대 문파에 공동으로 대응하기 위한 방편이자, 진가장과 동심회를 보호하기 위해 다른 세 문파가 적극적으로 나서겠다는 의지의 표명이라 할 수 있었다.

아직 세상엔 알려지진 않았지만, 이 사실이 드러나는 순간 진가장과 동심회는 강호 무림에서 폭풍의 중심에 서게 될 게 분명했다.

그러니 서로의 우애를 공고히 하는 차원에서 동심회의 핵심이라 할 수 있는 유청이를 찾아오는 건 크게 이상한 일이라곤 할 수 없었다.

다만…….

"왜 무진이가 안 보여요?"

소림 방장에겐 그런 거 보다 더 중요한 일이 있었다.

"있다가 잠시 시간을 좀 내주려무나. 네게 긴히 할 얘기가 있다."

목인의 말에 진유청이 고개를 끄덕였다.

"네, 알겠습니다."

무진이에게 무슨 일이라도 있는 건가?

진가장에 오는 일에, 그것도 진유청 자신의 생일날에 절대 빠질 무진이가 아니다.

진유청은 당장이라도 무슨 일이냐며 묻고 싶었으나, 다른 이들이 열심히 준비한 생일잔치를 망칠 수가 없어 일단 참았다.

저녁쯤에 진유청의 생일잔치가 끝나고, 소림 방장 목인이 진유청을 찾았다.

"무슨 일이신데 그러세요? 우리 무진이한테 무슨 일이라도 생겼어요?"

진유청이 단도직입적으로 물었다.

"……나와 함께 소림으로 가 줬으면 싶구나."

정말 무슨 일이 났구나!

진유청의 얼굴이 완전히 굳는다.

이리저리 너무 정신이 없단 핑계로 자신이 무진을 너무 신경 쓰지 않았단 사실이 가슴을 친다.

"무슨 일인지 말씀을 해 주셔야지요."

목인이 침착하려 애쓰는 진유청을 보고 한숨을 쉬며 입을 열었다.

"유청이 너도 무진이 고아란 사실을 알고 있겠지?"

"네. 누가 소림 산문 밖에 놔두고 간 아이를 방장님께서 직접 거두시어 손수 키우셨다 들었습니다."

"그랬지…… 내가 그랬어……."

목인의 눈에 처음 무진을 봤던 날이 그려진다.

그 갓난아이가 맑은 검은색 눈동자로 목인 자신과 눈을 맞췄다.

핏물이 튀고, 난생처음 보는 늙은이가 품에 안고 있는데도 방긋방긋 웃으며 눈을 휘었다.

속세의 정을 자른 자신이 그 손을 놓지 못해 결국 소림으로 데려왔을 만큼 어여뻤다.

"마음이 불안해집니다. 무진인 어디 있습니까?"

"소림에 있다."

목인이 회한에 깃든 얼굴로 눈가에 주름을 잡는다.

깊게 파인 고랑에 세월의 시름이 내려앉아 지나온 시간을 되짚었다.

진유청은 소림 방장의 너무나 인간적인 얼굴에 더 이상 재촉할 수가 없었다.

가장 높은 자리에 있으면서도 스스로를 위해 움직이지 않고, 소림을 바른길로 인도하는 거인이…… 정에 흔들리고 있었다.

고요한 적막 속에서 마음을 추스른 목인이 천천히 입술을 뗐다.

"무진의 부모는 나쁜 사람들이었다. 쉽게 사람을 죽이고, 돈을 빼앗고 상처 입혔지."

진유청이 흠칫 당황한다.

전혀 생각지 못한 부분이었기 때문이다.

하나, 그로 인해 무진에 대한 자신의 마음이 눈곱만큼이라도 달라졌냐면 그렇지 않다!

부모가 무슨 상관이랴.

아버님 훌륭하고, 형님 잘났던 자신은 과거 개망나니였다.

사람은 자기가 어떻게 살아가느냐가 중요한 거다.

"나는 그때 무림맹에 일이 있어 소림을 나섰던 차였지. 한 부부가 죽어 있었다. 부부가 남긴 아이가 울면서 원망을 토해 냈지. 그 아이의 부탁 때문에 부부를 죽인 원흉을 찾아 나서게 됐다."

설마……?

진유청의 눈빛을 읽었음인가.

"그래. 내가 무진이의 부모를 죽였다. 그 어미가 죽어 가면서 방 안으로 들어가 품에 안았던 아이를 내가…… 데려와서 키웠다."

쿠우웅!

머릿속에 돌덩이가 내려앉은 것 같다.

"왜 얘기하셨습니까!"

진유청은 이해할 수 없었다.

그건 평생 마음속에 품고 가야 할 이야기가 아니었나!

그 여린 아이가 들어 좋을 게 없을, 그냥 부모를 그리워하며 하늘에 별을 세게 했어야 할 그런 이야기가 아닌가!

"방주님의 마음이 편하자고 그 녀석에게 상처를 주셨습니까?"

진유청이 울컥하여 외친다.

"대체 왜 그러셨습니까!"

드르륵!

"유청아, 이 무슨 짓이냐!"

밖에 있던 진호철이 방 안으로 들어왔다.

"대체 왜 그러셨냐고요!"

진유청은 그럼에도 불구하고 참지 못했다.

"……그 아이가 너무 간절히 부탁했다. 녀석이 부모의 얼굴을 못 보면 묘소에라도 가 보고 싶다며…… 애원했다."

목인은 너무나 사랑하는, 그래서 뭐든 들어주고 싶은 막내 제자의 바람을 거절할 수가 없었던 거다.

그 마음이 또 애달파 진유청은 더 이상 화를 낼 수가 없었다.

"무진아……. 어쩌나, 이 자식아……."

엉엉 울며 손등으로 눈물을 닦아 내는 진유청을 진호철이 품에 꼭 안아 줬다.

진호철도 뭐라 말할 엄두가 안 난다.

손가락을 쭉쭉 빨며 히죽 웃던 순수한 무진의 얼굴이 눈앞에서 산산이 부서졌다.

녀석이 혈불이 된 이유.

녀석이 부모처럼 사랑했고 부모처럼 따랐던 세상에서 제일 좋아하는 사부님이 바로 녀석의 부모를 죽인 원수였다는 것.

그래서 그 아이가 그렇게 자랐다.

가슴에 독을 품고 피눈물을 흘리면서 사람을 베고, 혈불이란 굴레를 뒤집어썼다.

진유청은 절대 그를 그렇게 둘 수가 없었다.

자신이 아는 무진은 절대 그렇게 될 수가 없다.

혈불 따위!

네가 그렇게 되게 놔둘 줄 알아?

과거엔 내가 네 곁에 없어서 혼자 울고 혼자 괴로워하다 그렇게 마음을 닫아 버렸지만, 지금은 아니잖아?

"소림으로 갈래요."

진유청이 벌떡 일어났다.

"무진이한테 가서 그 녀석은 혼자가 아니라고, 내가 있다고 얘기해 줄래요."

진유청이 밖으로 뛰어나가려는 걸 진호철이 잡았다.

"밤이 늦었지만, 지금 출발하셔도 괜찮으시겠습니까?"

소림에서 온 지 얼마 안 됐지만 다시 돌아가도 괜찮다면.

"가야지. 내 아이를 위해 저리 울어 주는 친구가 있는데, 이 늙은 몸이 무어 대수라고."

소림 방장이 몸을 일으켰다.

마차 바퀴가 굴러간다.

밤새 달린 말이 혀를 빼물고 가쁜 숨을 내쉬었지만 그래도 멈추지 않았다.

진유청은 마차 안에서 몸을 웅크리고 앉아 창밖으로 보

이는 풍경에 멍하니 시선을 주었다.

가슴이 먹먹해서 아무 말도 나오지 않았다.

그리고 이윽고 소림에 도착했을 때, 진유청은 마차에서 내리기가 덜컥 겁이 났다.

자신이 아는 무진이, 무진이 아닐까 봐.

"그냥 돌아가도 좋다. 네가 내키지 않는다면 이대로 마차를 돌려 진가장으로 데려다 주겠다."

소림 방장 목인은 유청이의 뜻을 존중하기로 했다.

자신이 뿌린 씨앗이니, 자신이 거두리라.

하나 진유청이 고개를 젓는다.

그는 벌떡 일어나더니 뛰듯이 마차에서 내렸다.

"무진이 어디 있어요?"

목인이 직접 진유청을 안내했다.

무림의 태산북두라 불리는 소림, 그 소림을 품어 안은 숭산의 장엄함.

이 안 어딘가에 작고 여린 아이가 홀로 울고 있었다.

진유청이 숨을 크게 들이마셨다가 내쉰 뒤 문을 열었다.

낮인데도 캄캄한 어둠 속에 잠겨 있는 방.

그 한구석에 무진이 앉아 있었다.

"무진아, 나 왔다!"

밖에서의 음울한 표정은 지워 버린 유청이 밝게 웃으며

인사를 한다.

무진은 저가 그렇게 좋아하는 대장이 왔는데도 눈길도 주지 않았다.

“나 왔다니까?”

진유청이 무진에게 바짝 다가가 바닥에 털썩 주저앉은 뒤 그에게 얼굴을 들이민다.

“야!”

빽 소릴 지르지만 마치 같은 사람이 아닌 것처럼 다른 얼굴을 하고 있는 무진의 표정에 변화가 없었다.

파르라니 깎은 밤톨 같은 머리통도 순둥이 같이 처진 눈매도 그대로인데, 어떻게 저렇게 차가울 수 있을까?

진유청이 저도 모르게 예전에 그랬듯 무진이의 밤톨 같은 머리통을 향해 손을 뻗는데.

타악!

무진이 진유청의 손을 쳐 냈다.

“돌아가.”

목소리도 다른 거 같다.

잔뜩 쉬어 갈라져 있다.

“내가 대장이니, 내 마음대로 할 거다.”

“누가 대장이야. 돌아가. 지금은 아무도 보고 싶지 않아.”

무진의 거부가 온몸으로 느껴졌다.

하지만 이 자식아!

너라면 이 컴컴한 방에 나 혼자 두고 갈 거냐?

그게 무슨 친구냐!

사람이 혼자 있고 싶을 때도 있을 수 있어, 좋다 이거야.

만약 네가 혼자 웅크리고 앉아 악을 쓰고 울고라도 있었으면, 나 그냥 기다렸을 거다.

네가 아픔 추스르고 나올 수 있길 계속 기다렸을 거라고.

한데 아니잖아.

이제 열넷인데 혼자 아픔 삭이는 법을 어떻게 알아?

아직 이렇게 어린데, 그렇게 큰 상처 싸매는 법을 네가 어찌 알겠냐.

진유청이 입술을 질끈 깨물고 무진의 멱살을 잡았다.

"나가자. 빛도 쬐고 바람도 맞고. 이대로는 썩어 버린다고."

퍼억!

무진이 진유청의 얼굴을 주먹으로 쳤다.

"놔. 너 같은 거 필요 없으니까, 그냥 나 좀 내버려 두란 말이야!"

끌고 나가려는 진유청과 나가지 않으려 버티는 무진 사이에 몸싸움이 벌어진다.

소림 방장이 천하에 보기 드문 기재라고 했던 무진이었기에 녀석의 무공은 상당했다.

퍽, 퍼억!

진유청은 계속 맞았다.

코피가 터지고 뺨이 찢어졌지만, 그래도 때리고 그래도 맞았다.

와장창창!

한 덩어리가 돼 구르던 둘이 문에 부딪쳐 문짝이 부서져 나간다.

꽤 큰소리가 났음에도 아무도 와 보지 않는 걸로 봐선 목인이 미리 손을 써 둔 모양이다.

진유청이 무진을 질질 끌고 나가 땅에다가 패대기를 쳤다.

"봐라. 네가 방에 처박혀 있어도 해는 뜨고, 바람은 불고, 세상은 돌아간다! 억울하지도 않아?"

무진이 고개를 들고 진유청을 노려본다.

웬만한 일엔 눈도 깜짝 안 하는 진유청의 간담이 서늘해질 정도로 매서운 눈빛이다.

하지만 진유청은 물러나지 않았다.

자신이 물러나게 되면 자신만 지는 게 아니다. 무진이도 지는 거다.

아픔에 지고 상처에 져서 헤어 나오지 못하게 된다!

무진이 기운을 뿜어내어 진유청의 전신을 짓누르지만, 진유청은 눈을 부릅뜨고 받아 냈다.

몸 속 깊은 곳에서 청량한 바람이 휘돌며 내부가 망가지지 않게 보호해 준다.

진유청은 설마 무진이 아무리 돌았어도 자신을 죽이지야 않겠지 라고 단단히 마음먹고 몸을 날렸다.

쿠웅!

진유청의 머리통이 무진의 이마를 박았다.

쿵, 쿵!

몇 번이나.

무진이 다시 손을 들면 진유청도 손을 들고, 또다시 드잡이가 시작됐다.

第十章

자란다는 것

"허억, 허억……!"

진유청이 벌렁 대자로 흙바닥 위에 누워 숨을 몰아쉰다.

옆에 기절한 듯 누워 있던 무진이 스르륵 상체를 일으키자, 진유청이 한숨을 푹 내쉰다.

"좀만 쉬었다 다시 하자, 응?"

말은 그렇게 하지만 억지로 상체를 일으켜 맞설 준비를 하던 진유청의 눈이 커졌다.

"대장, 너무해……."

무진의 눈동자가 이전처럼 맑아졌다!

"이 자식아, 너무하긴 뭐가 너무하냐! 내 꼴을 봐라!"

퉁명스럽게 핀잔을 주면서도 진유청의 목소리는 날아갈

것 같이 가벼웠다.

"아프다."

무진이 퉁퉁 부어 원래 모습을 짐작하기도 어려운 얼굴에 손을 올리며 중얼거린다.

"많이 아프냐?"

진유청이 무진과 어깨를 나란히 하고 앉아서 물었다.

"응. 엄청, 많이, 무지, 되게, 끔찍하게, 처참하게……."

말이 이어질수록 물기가 스며들어 점점 흐느끼는 소리로 변한다.

진유청이 한 손을 들어 무진의 밤톨 같은 머리통을 쓰다듬으며 말했다.

"미안하다."

"미안해?"

"그래, 많이 미안하다. 더 빨리 오지 못해서. 더 빨리 때려 주지 못해서."

"응, 왜 그랬어, 우아아앙!"

무진이 크게 울음을 터트렸다.

눈가에선 쉴 새 없이 눈물이 흘러나오고 벌어진 입에선 침이 흐르지만, 유청이는 아무렇지도 않게 무진을 안아 줬다.

"으아앙, 대장, 대장…… 사부님이 내 부모님을…… 부모님을…… 한 번도 뵙지 못했어……. 내가 나쁜 아이라서 버리고 간 줄 알았어……."

"그래, 그래, 알아……."

웅크리자 너무 작은 무진의 등을 진유청이 계속 쓸어 주었다.

진유청의 눈가에서도 뜨거운 눈물이 흐른다.

둘은 그렇게 상처를 내보이고, 그 상처에 따스한 입김을 불어 주며 한참이나 울었다.

밤이 내려와 아직은 어린 두 아이를 품어 안는다.

더 이상 눈물이 흐르지 않을 때까지.

"어머니는 마지막 순간에도 나를 보려고 방 안에 들어와서 침상 위에서 자고 있던 나를 안아 주었대."

무진의 말이 이어진다.

"그리고 나를 품에 꼭 안고 눈을 감았대."

진유청은 조용히 녀석의 말을 들어주었다.

무진도 유청도 그들이 살인을 저지르고 남을 상처 입혔던 나쁜 사람이란 말은 언급하지 않는다.

누군가에게 그들은 같은 하늘 아래 살 수 없는 원수였을지도 모른다.

부모를 잃은 아이가 소림 방장에게 절절히 토해 낸 슬픔이 그의 발을 움직였고, 결국 무진은 부모를 잃게 됐다.

그들 부부의 죄는 그들 부부에게 돌아갔고, 그들의 자식에게까지 상처를 줬다.

그거면 되지 않았나…….

인과란 게 있다면, 무진이 짓지 않은 죄에 대해서 이 아이를 더 슬프게 하는 일은 없어야 하지 않겠나.

"유청인 엄마가 보고 싶지 않아?"

진유청도 자신처럼 어머니가 없다는 걸 떠올린 무진이 묻는다.

"전혀."

"진짜? 하나도?"

무진이 눈을 동그랗게 뜨고 묻는다.

그 모습이 어찌나 반갑던지 진유청은 저도 모르게 웃을 뻔했다.

"응. 하나도 안 보고 싶어. 나 싫다고 태어나자마자 버리고 떠난 엄마가 뭐가 보고 싶겠냐?"

무진이 고개를 갸웃거린다.

"그래도 엄마잖아."

"낳아 줬다고 다 부모는 아니다."

진유청의 말에 무진의 낯빛이 어두워진다.

아차 싶은 진유청이 말을 돌렸다.

"이제 어쩔 거야?"

"뭘?"

무진이 오히려 되묻는다.

"네 사부님. 아무것도 못 드시고 잠도 못 주무시고…….

네 걱정만 하신단다."

진유청의 말에 무진이 고개를 푹 숙이고 웅얼거린다.

"아직은 뵐 수 없을 것 같아. 그분을 보고도 원망하지 않을 자신이 없어."

괜찮다는 듯 진유청이 무진의 등을 두드려 줬다.

당연한 거다.

부모를 죽인 원수가 자신의 사부라면, 그 사부를 너무나 사랑하고 따랐다면, 그래도 된다.

무진의 사부인 목인도 이해할 거다.

"차라리 몰랐으면 좋았을 텐데, 그치?"

진유청의 말에 무진이 한참이나 멍하니 있다가 천천히 고개를 저었다.

"아니야. 그렇진 않은 거 같아."

전혀 예상외의 대답에 진유청은 조금 놀랐다.

이만큼 슬프고 아픈 일이라면, 아무것도 모를 때로 돌아가 천진하게 웃고 싶은 게 사람의 마음이잖아?

어떻게 그럴 수가 있지?

진유청의 놀람을 느꼈는지, 무진이 자그마한 목소리로 말했다.

"나라도 기억해 드려야 하잖아……."

처음엔 무슨 말인지 이해가 안 됐다.

"우리 부모님 말이야. 나쁜 분들이었다잖아. 다른 사람들한테 안 좋은 기억만 잔뜩 주었을 테니, 누가 그분들을 기억하려 하겠어. 가끔 떠오르면 욕하고 화만 내겠지."

부정할 수 없는 사실이지만, 진유청은 그의 말에 맞장구를 칠 수 없었다.

"나라도…… 나라도…… 좋게 기억해 드려야지."

무진의 말에 진유청은 속에서 뜨거운 게 울컥 치밀어 올랐다.

"나라도 알고 있어야, 내 아버지, 내 어머니, 그래도 나 낳아 주고 안아 줬다고……. 세상 사람들한테 다 욕먹더라도 나는 그래도 부모님이 좋다고 사랑한다고 해 드릴 수 있지. 그분들이 지옥에서라도 나 하나라도 바라보며 웃으실 수 있게."

착한 녀석.

이 순둥이를 어쩌면 좋으냐.

당신들은 죽기 전에 딱 하나 좋은 일은 하고 갔나 보오.

진유청이 마음속으로 무진의 부모님을 향해 속삭인 뒤 고개를 젖혀 하늘을 올려다봤다.

잘못하면 대장 체면 구기게, 또 질질 짤 것 같았기 때문이다.

이렇게 여리고 순한 녀석이 예전에 혈불로 불리며 피를 묻혔을 때, 속으로 저가 더 많이 울고 괴로워했을 걸 생각하면…….

자신이 그때 왜 이 녀석을 몰랐는지, 같이 있어 주지 못했는지 마음이 아팠다.

따악!

진유청이 무진의 뒤통수를 후려친다.

"아얏! 왜 때려!"

빽 소리 지르는 모습에 오히려 안도하게 된다.

그래, 지금은 있잖아, 그러면 된 거지.

진유청이 무진이처럼 히죽 웃었다.

"……대장, 바보 같아."

니가 매를 버는구나.

이제 좀 괜찮아졌나 보지?

진유청이 눈가를 씰룩이더니 슬금슬금 엉덩이를 옆으로 밀어 무진에게 바짝 다가간다.

"왜 그래! 밀지 마! 나 떨어질 것 같단 말이야!"

자신들이 앉아 있는 곳은 소림사 장경각 지붕 위였다.

"같이 진가장으로 가자. 가서 마음 추슬러질 때까지 있다가, 네 사부님을 보고도 웃을 수 있을 것 같으면, 그때 소림으로 돌아오면 되지."

진유청이 무진에게 권했다.

하지만 무진이 고개를 젓는다.

"여기 있을래."

"불편하잖아. 여기 있으면 사부님하고 안 마주칠래야 안 마주칠 수 없을걸?"

진유청은 무진을 데리고 함께 가고 싶었다.

자꾸 부대끼다가 상처가 덧나지 않을까 걱정이 된 거다.

"그래도 여기 있을래. 내가 진가장으로 가면, 사부님은 계속 자책하실 거야. 어느 날 자고 일어나서 웃을 수 있게 되면 사부님께로 달려갈 거야."

이 녀석은 강하다.

넘어졌어도 다시 일어설 수 있는 녀석이니 아주 강한 거다.

네가 혈불이 되면서도 소림을 떠날 수 없었던 이유를…… 알 거 같다, 무진아.

내가 그때 못 한 말을 아버님과 형님께 다 하는 것처럼, 너도 그때 보여 드리지 못한 웃음…… 이번엔 꼭 보여 드려라.

진유청이 활짝 웃으며 무진의 어깨에 손을 올렸다.

"낳은 정도 정이고, 기른 정도 정이야. 잊지 말아. 네 사부님같이 좋은 분을 만난 건 네 인생에서 행운이고, 감사해야 할 일이란 거."

"응!"

무진이 크게 고개를 끄덕였다.

"고맙다."

소림 방장 목인이 소림을 떠나는 진유청을 직접 배웅한다.

"당연한 거예요. 제 친구잖아요."

진유청의 말이 목인에겐 고마웠다.

"자기 사부님이 슬퍼할 거라고, 같이 진가장에 가자는 얘기도 거절했어요. 저 녀석, 이겨 낼 수 있을 거예요."

"……그래, 정말…… 다행이다……."

목인이 입가를 끌어당긴다.

웃는 듯 우는 듯 기묘한 표정이 진유청의 눈에 담겼다.

"저는 이만 가 볼게요!"

진유청이 열린 마차 문 사이로 몸을 밀어 넣는다.

"잘 가거라. 그리고 언제라도 놀러 오너라. 소림의 문은 항상 활짝 열려 있을 테니."

"그러다 도둑 들면 어떻게 하시려고요!"

……썰렁했나?

찬바람이 쌩하니 불어오는 거 같아 진유청이 머쓱한 표정을 지었다.

하나 목인은 조금 늦게 반응하긴 했으나 확실한 대답을 들려줬다.

"소림을 털러 올 만큼 간 큰 도둑이라면 들여보내 줘야지."

역시 소림 방장다운 배포다.

그런데 도둑 얘길 듣고 나니 진유청의 머릿속에 떠오르

는 얼굴이 하나 있다.

"그러면 혹시 나중에라도 하노라는 삐쩍 곯고 어디 아픈 거 같은 노인네가 소림을 털러 오면, 한 번만 봐주세요."

"하노?"

"본명을 몰라서요. 그냥 딱 보면 불쌍한 노인네 같고, 잘 보면…… 덜 불쌍한 노인네 같아요."

설명이 난해하다.

"어쨌건 큰 거 털리면 전 모르는 일이고요, 소소한 거 털리면 제 얼굴 봐서 진가장으로 연락 주세요."

"이름도 모를 정도면 친분이 깊은 이도 아닌 것 같은데, 갚아야 할 빚이라도 있느냐?"

목인이 의아한 듯 묻는다.

진유청이 머릴 긁적이며 대답했다.

"별 거 아니긴 한데, 학관에 있을 때 과자 빚을 좀 많이 졌거든요. 저만이 아니라 채환이에 한수에, 오현이에…… 엄청 데려가서 그 할아버지 음식을 거덜 내곤 했어요."

학관에서 만났다면 학관 관계자일 텐데, 그런 사람이 왜 소림을 털러 온단 말인가?

궁금한 게 많았으나 그렇다고 꼬치꼬치 캐물으면 유청이가 난감해 할 것 같아 여기서 멈추기로 한다.

"알았다. 내 꼭 기억해 두도록 하지."

"감사합니다!"

진유청이 인사를 남기고 마차 문을 닫았다.

집으로 돌아가는 마차 안에서 진유청은 아주 오랜만에 혼자만의 시간을 가질 수 있었다.

멍하니 창밖을 바라보다 졸기도 하고, 바닥에 몸을 웅크리고 누워 바닥을 긁고 지나가는 마차의 진동을 온몸으로 느끼기도 했다.

지루하기도 하고, 재밌기도 하고, 스스로에 대한 많은 걸 정리할 수 있는 알찬 시간이기도 했다.

"유청아!"

진가장 앞에 멈춰 선 마차에서 폴짝 내리는 진유청을 아버지가 두 팔 벌려 반겨 준다.

"다녀왔습니다!"

진유청이 아버지 뒤에 서 있던 형님에게도 인사를 하자, 진이현이 흐릿하게 미소 지었다.

다음 날부터 진유청은 책을 읽기 시작했다.

그렇다고 학문에 뜻을 두고 어려운 책을 열심히 독파해 나갔다는 게 아니라, 종류를 가리지 않고 이것저것을 매일 조금씩 읽어 나갔다.

진호철로서는 공부는 체질이 아니라며 매번 글공부를 빼먹고 도망치던 아들의 변화에 반색하면서도, 한편으론 의심의 눈초리를 보냈다.

또 무슨 사고를 치려고!

"사고 안 치거든요! 자꾸 그러시면 진짜 대형 사고 한 번 칩니다?"

진유청이 눈을 가늘게 뜨고 하는 말에 진호철이 기겁을 한다.

자신의 아들로 말하자면, 작은 일을 크게 키우는 데 둘째가라면 서러운 녀석이 아니던가!

진호철은 주변을 휘휘 둘러봤다.

자신의 둘째에게 가장 잘 먹히는 약발은 바로 이현이 아닌가!

"형님은 오늘 형수님이랑 같이 뭐 사러 나간다고 하셨거든요?"

진유청이 눈을 가늘게 뜨고 아버지를 바라본다.

"흠, 흠. 아직 혼인도 안 했는데, 왜 모용 소저를 자꾸 형수라 부르느냐."

모용운지를 처음 봤을 때부터 진유청이 그녀를 부르는 호칭에 깜짝 놀랐던 게 떠오른다.

그러고 보니, 그 당시엔 하도 놀랄 일이 많아서 나중에 물어봐야지 하다가 물어보지 못했고…….

요 녀석의 맹랑한 사기 사건 이후론 그냥 그런가 보다 하고 하도 자연스러워져서 잊어버리고 있었다.

아마도 이현이 녀석이 사기 사건 때문에 유청이를 호되게 혼내면서도, 그 호칭에 대해선 일언반구도 언급하지 않았기 때문이 아닐까?

다른 사람들도 다들 그런가 보다 하면서 받아들였으니 더했을 테고 말이다.

"그건 말이죠……."

진유청의 말에 진호철이 귀를 기울인다.

잠시 뜸을 들인 진유청이 입을 열었다.

"제가 예전에 우연히 모용세가엔 예쁘고 착한 아가씨가 있다고 들었거든요, 그래서 마음속으로 항상 그런 분이 우리 형수님이 됐으면 좋겠다고 생각했었거든요."

"……모용 소저를 처음 봤을 때, 그녀가 자기소개를 했던가?"

그렇진 않았던 것 같다.

유청이는 모용 소저를 몰랐을 텐데도 불구하고, 처음 본 순간 형수님이라 부르며 달려갔었다!

이, 이거 뭐야?

진호철의 눈이 휘둥그레진다.

"혹시 너……."

설마설마하며 묻는 진호철의 말에 진유청이 두 눈 질끈 감고 고개를 끄덕였다.

"네, 아버지 생각이 맞아요."

따악!

"그냥 예쁘다고 무작정 형수님이라고 부르며 달려가 안겼다는 게냐!"

진유청이 부어오르기 시작한 이마를 손으로 문지르며 아버지를 째려봤다.

자신은 그래도 정상적인 범주 안에서, 꿈에서 봤다느니, 아니면 모용 소저가 맞을 거라는 강한 직감이 왔다 정도로 넘어가려고 했는데…….

멀쩡한 아들을 어떻게 보시고 저런 모함을!

"아니라니까요!"

"아니면?"

"아, 맞아요! 맞다고 쳐요! 됐죠? 됐죠?"

진유청이 신경질을 부리며 빽빽거리자 진호철이 아들을 달랑 들어 무릎 위에 엎었다.

"헉! 제 나이가 몇인데……."

파앙, 팡!

"요 녀석이! 어디 아버지한테 버릇없게!"

"잘못했어요!"

진유청이 바동거리며 빠져나가려 들지만, 이미 아버지의 한 팔에 단단히 꿰어 꼼짝도 못 하게 됐다.

진호철은 이제 다 커서 엉덩이를 때릴 수 있는 날도 얼마 남지 않았으니, 이번 기회에 쌓인 걸 다 풀려는 듯했다.

“아버지 미워!”

진유청의 목소리가 진가장에 쩌렁쩌렁 울려 퍼졌다.

“왜 그러고 있느냐?”

외출했다 돌아온 진이현은 동생이 심통이 잔뜩 난 얼굴로 자신의 방 앞에 쭈그리고 앉아 있자 의아해하며 묻는다.

“형님, 이것 보세요!”

진유청이 퉁퉁 부은 엉덩이를 내민다.

“또 아버님께 버릇없이 굴다가 혼이 난 모양이구나.”

어어, 형님, 웃었다 이거지?

진유청의 눈이 세모꼴로 변하자, 진이현이 슬쩍 고개를 돌려 외면하며 헛기침으로 무마해 보려 한다.

하지만 진유청이 누구냐.

한 번 마음에 안 드는 게 있으면 절대 그냥은 안 넘어간다!

“우리 한판 해요!”

진유청이 진이현에게 도전장을 내밀었다.

“좋지!”

진이현이 동생의 도전장을 덥석 받아 주었다.

소장주 전용 연무장에 때아닌 긴장감이 흐른다.

진이현과 진유청, 두 형제가 검을 들고 대치한 채 서 있는 것이다.

"진 공자님, 이겨라!"

모용운지가 한 손을 들며 외치는 말에 진유청은 눈곱만큼 서운해진다.

진유청이 뭔가를 바라는 눈으로 아버지를 바라봤다.

"흠. 비가 오려나?"

진호철이 하늘을 바라봤다.

별이 총총 빛나는 게 비는커녕 달을 가리는 먹구름 한 점 없다.

"흥!"

진유청이 크게 삐쳐 고개를 휙 돌렸다.

진이현이 피식 웃으며 자세를 잡는다.

어렸을 때, 동생이 연무장 바깥쪽에서 자신의 수련을 훔쳐볼 때면, 진이현은 일부러 더 화려한 초식을 사용하여 녀석의 눈을 잡아끌려 했다.

나무 기둥 뒤에서 머리를 빼죽 내민 채 눈을 동글동글 굴리던 다섯 살짜리 내 동생.

머리가 커서 아무리 숨어도 한눈에 찾을 수밖에 없었다는 걸…… 녀석은 아직도 모르겠지?

동생은 언제나 진이현 자신이 어찌 그리 자기를 잘 찾아내는지 궁금해했었다.

가르쳐 주면 지금보다 더 화를 낼 테니, 그냥 말하지 말자.

진이현이 스스로에게 다짐한다.

"학관에서 검술은 좀 배웠느냐?"

"그럼요! 의외로 잘한다며 칭찬을 많이 들었습니다."

의외로……가 관건이군.

하긴 그냥 봐도 무공이라곤 익힌 흔적이 없는 녀석이니 '의외로' 잘한 수준에 대해 대충 짐작이 간다.

열네 살이지만, 아직도 진이현에겐 다섯 살 그때처럼 물가에 내놓은 듯 걱정되는 소중한 동생이다.

하지만 아이는 자라야 하는 법이니, 오늘 진이현은 동생에게 세상이 쓰다는 걸 제대로 보여 줄 작정이었다.

말하자면, 흠씬 두들겨 패 줄 생각이라는 뜻.

또 가출을 하면 어떻게 되는지 확실히 알려 줘야, 다시는 그런 위험한 짓을 안 하겠지.

예전에 유청이가 끈질긴 남자는 매력이 없다고 했건만, 자신도 의외로 쪼잔한 구석이 있는 모양이다.

어쩌면 자신의 '의외' 도 유청이의 '의외' 와 비슷한 수준일지도 모르지만 말이다.

"형님, 저 이제 갑니다!"

미리 예고까지 하고 자신을 향해 다다다 뛰어오는 진유청을 진이현은 따스한 눈빛으로 바라본다.

아끼기에 더 엄하게 혼을 내야 할 때가 있다는 걸 이제야 깨닫다니. 아버님께서 왜 항상 유청이를 구박하시는지 조금은 알 것 같았다.

진유청은 물론 당사자인 진호철도 꼭 그래서만은 아니라고 발뺌할 생각을 태연히 하며, 진이현이 검을 쥔 손에 힘을 줬다.

채앵!

형제간의 검이 부딪쳤다 떨어지고, 달빛 아래 네 사람의 웃음소리가 빛난다.

연무장 한편에 아직도 자리하고 있는 구덩이에 비가 와서 물이 차면, 세 부자는 옷을 훌렁 벗고 뛰어들어 같이 목욕을 할 것이다.

시간이 흐른다.

지면을 뚫고 푸른 싹을 틔우기 위해 한껏 웅크린 씨앗들이 양분을 모으며 잠을 잔다.

그리고.

"어? 새싹이다!"

봄이 됐다.

第十一章

열일곱 살, 멋진 청년? 진유청!

팽가의 둘째 팽호열은 태어나 처음으로 황궁에 와 봤다. 팽가 출신으로 군부에 있는 숙부가 팽호열에게 황궁 구경을 시켜 주겠다 하여 따라나선 것이다.

설레지만, 그런 티를 내고 싶지 않아 팽호열이 가슴을 내밀고 어깨를 반듯하게 폈다.

무림인들은 대부분 자신이 속한 문파에 일심으로 충성을 하기에 황궁에 귀의한 이들을 천시하는 경향이 있었기에, 은연중 황궁에 대한 동경을 숨기고 싶었던 것이다.

북경과 근접해 있는 위치로 인해 황궁에 투신하는 이가 적지 않은 팽가 출신이었음에도, 무림인인 이상 뿌리 깊게 자리한 편견에서 완전히 자유로울 순 없었다.

"이쪽이다. 아름답지?"

숙부는 시종일관 친절하게 황궁을 안내해 주었고, 황제 폐하께서 시간이 되시면 잠깐 뵐 기회까지 주겠다고 했다.

아무래도 근래 황궁에 투신하는 팽가 무사들의 수가 적으니 자신을 꼬드겨 보겠다는 것 같은데, 어림도 없다.

팽호열은 무림에서 할 일이 너무 많았다.

"으음?"

숙부의 뒤를 따라가던 팽호열이 잠시 걸음을 멈춘다.

맞은편에서 두 명의 청년이 이쪽을 향해 걸어오고 있었다.

한 명은 눈빛이 곧고 맑은데다 입가에 부드럽게 걸친 미소가 여자들 꽤나 울릴 것 같은 학사풍이었고, 다른 한 명은…… 훤칠한 키에 잘생긴 얼굴, 서늘한 눈매가 돋보이는 젊은 무사였다.

두 청년을 뜯어보던 팽호열이 그중 젊은 무사와 눈이 마주쳤다!

새카맣고 싸늘한 검은 눈동자가 팽호열을 노려본다?

"허억!"

순간 가슴에 찬 기운이 확 치밀어 팽호열이 저도 모르게 헛바람을 들이켰다.

두 청년은 팽호열의 숙부를 향해 작게 고개를 숙여 보인 뒤, 팽호열 쪽으론 눈길 한 번 주지 않고 스쳐 지나갔다.

"하아, 하아……."

팽호열이 숨을 몰아쉰다.

이제 막 열여섯이나 열일곱 정도밖에 되지 않아 보이는 어린 녀석에게 이런 수모를 당하다니!

"놀랐나 보구나. 하긴, 견성(犬星)과 눈이 마주치고도 안 놀라면 그게 더 이상하지."

"견성이오?"

무슨 그런 해괴망측한 별호가 다 있단 말인가?

"그래, 태자 전하께서 직접 붙여 주신 별명이지."

"태자 전하께서요?"

황태자 주태민에 대한 이야기는 무림에도 제법 알려져 있다. 역대 가장 뛰어난 황제가 될 거라고 소문이 자자했기 때문이다.

"저 두 사람이 태자 전하께서 가장 총애하는 수하들이란다. 둘 다 황궁에서 아주 유명하지. 항시 웃음을 잃지 않는데다 성품이 좋아서, 나이와 성별을 불문하고 따르는 이가 많은 이가 풍류 공자 이경찬이고, 좀 전에 너와 눈이 마주친 이가 견성이지."

팽호열의 숙부인 팽안은 그 두 사람 모두에게 호감이 있는 듯했다.

"견성은 성격이 좀…… 많이 문제가 있다는 얘기가 있는데, 한 일 년 전에 금의위 도독의 자제인 양효림과 크게 싸워서 황궁이 발칵 뒤집힐 뻔했던 적이 있었지."

황태자가 적극적으로 나서서 중재하지 않았으면, 양효림과 견성은 원수지간이 될 뻔했다.

아마 그때 싸운 이유가 양효림이 누군가를 욕했다는 아주 사소한 거였는데…… 팽안도 그 이상은 알지 못했다.

"그 이후 태자 전하께서 성격은 개 같지만 지닌 자질이 별처럼 빛나니 버릴 수도 없다 한탄하시며, 견성이란 별명을 붙여 주셨지."

"그렇게나 뛰어난 인물입니까?"

팽안이 조금의 주저도 없이 고개를 끄덕인다.

팽안도 팽가에서 뛰어난 자질을 지닌 기재들을 적지 않게 보았으나, 견성 나채환에 비할 정도는 되지 못했다.

"게다가 각자 자질만 뛰어난 게 아니라 사이 또한 친형제 못지않게 좋아서, 풍류 공자가 가는 곳에 견성이 있고, 견성이 있는 곳으로 풍류 공자가 온다는 우스갯소리도 황궁 내에 떠돈단다."

나채환의 본가가 북경에서 멀리 있어 이경찬과 같이 형부상서 댁에 머물고 있다는 얘기도 있는 걸 보면 진짜 친하긴 친한 듯하다.

"그렇군요."

자기보다 훨씬 어린 녀석들의 명성이 뛰어나단 말에 배가 아팠던 팽호열이 금세 관심을 접으려 한다.

한데…… 이상하네?

견성이란 놈.

왜 낯이 익지?

"자, 이번엔 저쪽으로 가 볼까? 운이 좋으면 황궁 최고의 미인인 서희 공주님을 뵐 수 있을 게다."

"서희 공주님이오?"

팽호열이 눈을 빛내며 조금 전에 떠올렸던 생각을 깡그리 잊어버린다.

첫사랑이었던 제갈미미가 남궁민과 혼인한 후, 완전히 마음을 접을 수밖에 없었던 그는 여자 구경을 해 본 지가 꽤 오래됐다.

"그래, 흥이 동하지? 한데 절대 무례한 시선을 보내면 안 된다. 서희 공주님의 성격이 워낙 괄괄하셔서…… 잘못했다간 경을 칠 게다."

"알겠습니다."

팽호열이 마른침을 삼킨다.

괄괄한 성격의 미인이라…….

꼭 볼 수 있으면 좋을 텐데.

팽호열이 혹여 길을 잃지 않도록 숙부인 팽안의 뒤에 바짝 붙어 걸음을 옮겼다.

"왜 그래, 채환아?"

함께 길을 건넌 나채환이 걸음을 멈추고 뒤를 돌아보는 모습에 이경찬이 묻는다.

"흐음. 왠지 재수 없는 걸 본 것 같은데, 기억이 안 나는군."

"……넌 원래 재수 없지 않은 거 찾는 게 더 힘든 녀석이잖아."

이경찬이 고개를 설레설레 저으며 핀잔을 준다.

"또 맞는다?"

나채환이 으르렁대자, 이경찬이 눈가를 씰룩였다.

"이게! 그래, 때려라, 때려! 아주 그냥 두들겨 패라!"

버럭버럭 소릴 지르며 얼굴을 들이미는 이 녀석을 누가 온화하기 그지없는 풍류 공자라 하는가.

나채환이 상대하기 귀찮았는지 그냥 가 버린다.

"야! 채환이 너!"

이경찬이 잰걸음으로 따라붙어 투덜댄다.

"하여간 성질은 나빠 갖고는. 그러니 견성이란 웃기지도 않은 별명이나 달고 다니지. 대장이 알면 웃다가 기절할 거다."

유청이에 대한 얘기가 나오자 나채환의 얼음장 같은 얼굴에 피식 웃음이 담긴다.

"아직도 이현 형님에게 맞고 살려나?"

나채환의 중얼거림에 이경찬이 어깨를 으쓱거렸다.

"이현 형님이 유청이를 얼마나 귀여워하는데. 설마 진짜 때리겠어. 진가장의 두 부자가 막내인 유청이라면 껌뻑 죽는 건 하남에서 모르는 사람이 없는데."

"하지만 저번에 온 편지에 그렇게 쓰여 있었잖아."

이현이 형이 애정이 식었는지 허구한 날 검술을 가르치겠다며 두들겨 패서, 아무래도 두 번째 가출을 계획 중이란 내용이었다.

"그렇긴 해."

쩝. 어떻게 된 걸까?

차라리 대장이 가출해서 정말 북경에 다시 한 번 왔으면 좋겠다.

얼굴도 보고 얘기도 듣고.

태자 전하께서도 말씀은 안 하시지만, 대장이 어찌 지내는지 은근히 궁금해하시는 눈치다.

"아버님께서 근간 하남에 한 번 들러야겠다고 하시던데."

"어르신께서?"

"어르신이 뭐냐. 그냥 편하게 부르라니까."

이청강이 친구의 아버지는 자신의 아버지도 된다며 앞으론 아버지라 부르라고 했을 때, 나채환은 고개를 푹 숙이고 아무 대답도 하지 못했다.

이젠 가족과 다름없는데, 좀 편하게 풀어놔도 좋으련

만…….

"하여간에, 어르신께서 하남에 가실 계획이 있으신 거냐?"

"응, 그렇다고 하시더라고. 무슨 문제가 있다는데, 자세한 건 말씀 안 해 주셔서……."

황궁에 흐르는 기류가 이상하다는 건 이경찬도 느끼고 있었다.

태자 전하께서도 부쩍 신경이 날카로워지셨고.

이럴 때 유청 대장이 곁에 있었으면 '짠!' 하고 좋은 방법을 생각해 냈을지도 모르는데…….

"나도 간다."

"어딜?"

뜬금 없는 말에 이경찬이 미간을 찡그리며 되묻는다.

"하남에. 어르신을 모시고 간다."

"누구 마음대로?"

이경찬은 기가 막혔다.

"어르신께 함께 가고 싶다고 얘기 드리면 거절하지 않으실 거다."

그야 그렇겠지.

하지만 문제는 우리 아버지가 아니라…….

"태자 전하께서 잘도 가라고 하시겠다."

요즘처럼 가뜩이나 심기가 불편하실 때에 자신이나 채환

이가 궁을 비운다고 하면 난리 난리가 날 것을.

"그래도 나는 간다."

"그래, 너는 가라. 아주 그냥 가 버려!"

이경찬이 씩씩대며 외친 뒤 혼자서 쌩하고 찬바람을 뿜어내며 걸어간다.

채환이가 없으면 태자 전하의 심술을 혼자 다 받아 내야 하니, 눈앞이 캄캄해진다.

자신도 오랜만에 하남에 가서 대장도 보고 싶고, 다른 친구들도 만나고 싶은데…… 자기 혼자 쏙 빠져나가겠다는 게 얄미운 거다.

나채환이 이경찬의 뒷모습을 물끄러미 바라보다가 가볍게 발을 놀려 금세 뒤에 따라붙는다.

"황궁 내에선 경공을 쓰면 안 되는 거 몰라?"

"안 갈게."

나채환이 이경찬이 한 말에 대한 대답이 아니라 전혀 딴소리를 한다.

그런데도 이경찬의 화가 조금 누그러졌다.

가지 말라곤 했어도, 막상 안 간다고 하니 마음이 쓰인다.

나채환은 아버지처럼 따르는 이청강 때문인지 이경찬의 말은 웬만큼 들어주는 편이었다.

이경찬은 그게 나채환을 억누르는 족쇄가 아닐까 생각돼

가끔 마음이 아팠다.

"태자 전하께 허락받아서 가도 된다고 하면 가. 태자 전하는 내가 잘 막아 볼게."

"안 간다."

"가!"

둘이 아옹다옹하는 소리가 한동안 계속 되풀이되어 울렸다.

열일곱, 소년이라기엔 많고, 청년이라기엔 아직 앳된…… 새로운 시작의 나이였다.

◒ ◒ ◒

"우움……."

벌써 아침인가?

그럼 좀 더 자도 되겠네?

진유청이 덮고 있던 이불을 끌어모아 양팔로 꼭 껴안고 얼굴을 파묻는다.

눈이 부셔서 잠이 깰 것 같았기 때문이다.

부드러운 이불에 얼굴을 부비니 마음이 편안해져 또다시 깊은 잠에 빠져들려는데…….

콰앙!

문이 벌컥 열렸다.

아…… 내 아침의 평화여!

진유청이 이불을 확 펼쳐 뒤집어쓰고 몸을 웅크린다.

"유청이 너! 안 일어나?"

높은 음의 여자 목소리가 이불을 뒤흔든다.

……말도 안 돼.

이건 거짓말이야!

우리 형수님이 얼마나 조신하고 차분하고 아름다운 분이셨는데……!

물론 이번 생에서도 여전히 아름다우시긴 하지만…… 어쨌거나, 난 속았어. 속은 거야!

진유청이 크흑 하고 치밀어 오르는 슬픔을 입에 머금는다.

모용운지는 자신이 아무리 깨워도 이불을 뒤집어쓴 채 일어나지 않는 진유청을 빤히 내려다본다.

그리고 다가가 손을 뻗어 진유청이 덮고 있는 이불을 확 젖혀 버렸다.

"일어나시지."

낮은 목소리가 차분하게 내려앉자, 진유청이 눈을 번쩍 뜬다.

이건 위험신호!

"일어났어요, 형수님."

"아직 혼례도 올리지 않았는데, 형수님은 무슨……."

말하고 행동하고 너무 다르십니다…….

왜 얼굴은 발갛게 달아올라서 헤벌쭉 웃고 그러세요?

“혼인 안 하실 거면 그냥 모용 소저라고 부르……면 역시 안 되겠지요? 이제 와서 그러는 건 더 이상할 겁니다.”

모용운지가 주위를 휘휘 둘러보며 손에 쥘 만한 것을 찾자, 진유청이 금세 말을 바꾼다.

진유청이 침상에서 내려오자 모용운지가 새삼스럽다는 눈으로 진유청을 바라본다.

그녀가 손에 날을 세워 자신의 머리 위에서부터 진유청 쪽으로 움직인다.

“우아, 키가 또 컸나 봐. 이제 나보다 훨씬 커!”

모용운지의 말에 진유청이 흰 이를 드러내 보이며 씨익 웃는다.

“원래 남자애들은 하루하루 다르게 쑥쑥 자라는 법이랍니다, 형수님.”

“뭐, 그래 봤자 진 공자님보다는 작잖아?”

“……형님은 이제 다 컸잖습니까. 저는 앞으로도 클 수 있는 파릇파릇한 새싹이고요.”

“얼른 씻기나 하십시오, 자라나는 새싹님!”

모용운지가 싱긋 웃으며 진유청의 등짝을 찰싹 내리쳤다.

“난 그럼 우리 진 공자님 깨우러 가야겠다. 또 자면 안 돼! 얼른 준비하고 나와! 아침은 식구들이 다 모여서 먹기로 했잖아."

"네, 네, 알겠습니다요."

진유청이 설렁설렁 말한 뒤 기지개를 쭉 편다.

그리고 좀 전에 모용운지가 했던 말이 생각났는지 자신의 키를 어림짐작해 본다.

이제 키도 꽤 컸고 근육도 살짝 키웠으니, 이놈의 머리통도 좀 작아 보이겠지?

드디어 정상인이 되는 거다!

"또 자는 거 아니지?"

멀리서 재차 확인하는 모용운지의 목소리가 흐릿하게 들리자, 진유청이 대답했다.

"안 잡니다!"

얼른 안 나가면 또 와서 잔소리를 할지도 몰라.

진유청이 주섬주섬 옷을 주워 입는다.

돌아 갈 곳이 없는 모용운지는 자연스레 진가장에서 함께 살게 됐는데, 과거에 자신이 알던 형수님과 너무 다른 모습을 보여 진유청을 헷갈리게 했다.

자신이 알았던 게 가짜인 걸까, 아니면 지금의 형수님이 이상한 걸까?

어느 쪽이건 형님이 좋아하시니 상관이 없긴 하지만…….

뭐, 진유청 자신도 지금의 활기찬 형수님을 싫어하는 건 아니다.

다만 아침마다 일찍 깨우는 통에 잠을 잘 못 자서 그게 슬플뿐.

오랜만에 진가장에 안주인 자리가 채워지니 이전과 달라진 점이 제법 많았는데, 그중 하나가 바로 아침은 꼭 모여서 같이 먹기다.

대충 준비를 끝낸 진유청이 문을 열고 밖으로 나갔다.

"으음? 분위기가 왜 이래요?"

진유청이 의자에 앉으며 미간을 찌푸린다.

어째 평소와 많이 다른 게, 영…….

진유청이 맞은편에 앉아 있는 형님에게 눈으로 묻자 진이현도 모르는지 난처하단 얼굴로 고갤 젓는다.

대체 무슨 일이지?

잠시 적막함 속에 진가장 세 부자가 서로의 얼굴만 빤히 바라보고 있다.

진호철은 좀 더 고민했지만, 결국 선택은 유청이의 몫이라는 걸 깨닫는다.

"유청아."

진호철이 진중한 어조로 진유청을 부른다.

왜 그러시냐는 듯 진유청이 아버지를 바라보자, 그가 조심스레 입을 연다.

"정한수라고, 아느냐?"

"한수요? 잘 알죠. 무림학관에 있을 때 한 방을 썼던 친구입니다."

역시 그랬구나.

유청이는 친구들 이야기를 자주하는 편이라서, 처음 서신을 읽고는 왠지 기억에 남는 이름이다 했더니만.

"왜 그러세요? 무슨 일이라도 있는 겁니까?"

진유청이 진호철의 눈을 직시하며 묻는다.

진호철은 그새 유청이가 많이 자랐다고 생각했다. 키도 훌쩍 크고, 얼굴도 제 형처럼 잘생겨지고, 무공도 잘은 아니어도 제 한 몸 지킬 정도는 하고…… 게다가 책도 좀 읽었다.

무엇보다 어린 시절 그대로의 맑은 눈으로, 자기가 본 세상을 믿으며 밝게 살아간다는 것.

아비로서 그게 참 고마웠다.

진호철은 아들에게 '부모의 품 안에 안겨 있을 시간은 너무 짧으니, 너무 빨리 자라려 하지 마라' 라고 했었다.

한데 자신이 동심회의 일이다, 다른 문파와의 회의다, 이래저래 바빠 신경도 잘 써 주지 못한 동안, 아이는 어느 순간 훌쩍 자라 있었다.

"네 친구가 화산파에 쫓기고 있다는구나."

진유청은 자신이 잘못 들은 줄 알았다. 화산파에, 그것도 대장로의 제자인 한수가 왜 같은 화산파에게 쫓긴…… 설마?

"대장로가 장문인에게 반기를 들었습니까?"

그게 벌써 일어날 일이었나?

그건 조금 더 후에 일어나야 할 일인데…….

하긴. 자신이 아는 것과 달라진 게 그것뿐이겠냐만은.

진유청의 물음에 진호철이 더 놀란다.

"네가 그걸 어찌 아느냐?"

진호철 자신도 개방에서 전해 온 소식을 듣고 지금 막 알게 된 사실인데?

"……화산파 대장로는 얼굴에 욕심이 덕지덕지 붙어 있는 사람이니, 혹시나 싶어 얘기해 본 겁니다."

유청이는 어릴 적부터 이렇게 남들이 알지 못하는 걸 알고, 다른 이들은 보지 못하는 걸 보는 능력이 있었다.

이제 와 새삼 놀랄 것도 없다.

불쑥 튀어 나가 위험에 처해 있던 제 형이 있는 곳까지 찾아내는 녀석이 아니던가.

"네 친구가 위험에 처해 있다. 어찌하려느냐."

"구하러 가야지요."

진유청이 주저 않고 대답했다.

"겨우 네 한 몸 지킬 무공에, 계략이 뛰어나 전세를 역전시킬 재주가 있는 것도 아닌데, 거대 문파인 화산에 쫓기는 그 아이를 어찌 구하려고?"

진호철의 물음에 진유청이 대답했다.

"제가 어렸을 땐 뭐가 좀 있어서 그렇게 천방지축 날뛰었겠습니까? 지금도 그때와 똑같이 가진 건 별거 없지만, 해 볼 수 있는 데까지 열심히 해 보렵니다!"

학문도 무공도 보잘것없었지만, 진가장을 동심회로 만들고, 각 문파의 장로들과 장문인까지 제 편으로 만들었던 녀석.

특별히 뛰어난 게 없는데도 불구하고, 모두가 입을 모아 크게 될 아이라 칭찬하게 만든 녀석.

그리고 지금은 더욱 빛이 나는 눈으로 세상을 보는, 예쁜 내 새끼.

몇 살이어도 어리게 느껴지고, 세상에 내놓기 겁나는 보석 같은 아이.

진호철이 눈가를 가늘게 떨더니 주저한다.

진이현은 아버지를 원망스럽게 바라보며, 아버지가 유청이를 말려 주길 바란다.

하지만…….

"그래, 가거라."

"아버님!"

진이현이 목소리를 높인다.

"이현아, 유청이가 네게 날개를 달아 주지 않았느냐. 이제 저 녀석도 날 수 있게 해 줘야지.”

“날개를 다는 게 굳이 거친 강호로, 위험을 향해 달려가야 하는 겁니까?”

“네가 강호행을 처음 떠났던 때를 생각하여라. 게다가 만약 너라면, 친구가 위험한데 앞뒤 재고 따지느라 구하러 가지 않을 셈이더냐!”

아버지의 말에 진이현이 멈칫했지만 이내 합의점을 찾는다.

“……제가 같이 가겠습니다.”

“형님. 지금 하는 일을 다 팽개치고, 지금 저랑 같이 가시겠다는 겁니까? 형님만 바라보는 이들이 얼마나 많은데요!”

진가장은 과거의 진가장이 아니다.

그러니 진가장의 소장주는 이제 진가장만 책임져도 될 사람이 아닌 것이다.

“너만 보낼 순 없다. 그러면 다른 무사들을 데리고 가던지.”

“다들 바쁘지 않습니까. 저 때문에 동심회의 일에 차질이 생기는 건 싫습니다. 게다가 어차피 화산파에 쫓기고 있는 거라면, 무사들을 아무리 많이 데려가도 희생만 늘어날 겁니다.”

진유청이 고집을 부리자, 진이현이 그럴 줄 알았다는 듯이 대답했다.

"한가한 녀석을 둘 알고 있다."

"장웅 형과 자경이 형이오?"

진이현이 고개를 끄덕인다.

"요즘 많이 한가한가 보더군."

"그래도……."

"웅이는 밥을 잘하고, 자경이는 쉴 곳을 잘 찾는다."

"형들만 괜찮다고 하면, 동행하겠습니다."

진유청이 바로 받아들인다.

자신이 가출 좀 해 봐서 아는데, 밖에 나가면 먹고 자는 문제만큼 중요한 게 없다.

그 두 가지가 해결되면, 집 떠나서의 고생이 반은 주는 거라 할 수 있었다.

"그럼 그렇게 결정 난 걸로 하고, 아침은 먹고 떠나려무나. 우리 식구가 모두 모여 식사를 할 수 있을 날이 다시 올 때까지, 얼마나 걸릴지 모르지 않느냐."

"네, 아버님."

진유청이 선선히 따랐다.

아버지가 자신에게 저 이야기를 하고, 강호로 나가는 걸 허락하기까지 얼마나 고심하셨을지가 눈에 선했기 때문이다.

"유청아."

진이현이 자신을 부르자, 젓가락으로 반찬을 집던 진유청이 턱을 치켜들며 말한다.

"형님. 제가 말했었지요? 끈질긴……."

"남자는 매력이 없다고?"

"네. 기억하시는군요."

진유청이 키득거리며 웃는다.

친구가 위험하다는데, 마음이 편해서 웃음이 나오는 건 아닐 터.

자신이 가고 나서 어둡게 가라앉을 집안 분위기를 생각해서 최대한 밝게 떠나려는 모양이다.

"나는 모용 소저가 있으니, 더 이상 매력이 없어도 괜찮다."

……자경이 형 말이 맞았어!

내숭 백 단이라더니! 진짜였던 거야!

진유청이 입을 쩍 벌리고 형을 바라본다.

"어쨌건…… 유청아. 가기 전에 금오상단에 잠깐 들러서 단리 상단주님과 얘기를 나누고 가거라. 마음이 급한 줄은 알지만, 친구를 구하는 게 마음만 가지고 되는 건 아니지 않겠느냐. 할 수 있는 건 다 해 줄 테니, 필요한 건 뭐든지 말해라."

"알았어요, 형님."

"그리고 위험하다 싶으면 돌아와야 한다."

"……이 반찬 맛있어요, 형님. 하나 드릴까요?"

진유청이 대답 대신 다른 소릴 하자, 진이현에게서 풍겨 나온 묵직한 기운이 탁자 위에 내리깔린다.

"꼭 조심할게요. 형님과 아버님, 형수님을 생각하면서, 무슨 고비가 있더라도 잘 빠져 나올게요. 저 못 믿으세요?"

"밥 먹어라. 이 반찬도 맛있더라."

진이현이 기운을 회수한 뒤 대답했다.

그 뒤론 조용한 식사 시간이 이어졌다.

"이것도 챙겨야 할까?"

식사가 끝난 후 모용운지가 짐을 챙겨 준다며 따라와 이것저것 마구 집어넣고 있다.

"저 집 나가는 거 아닙니다, 형수님."

아니, 정확하게 말하자면 완전히 집을 나가는 게 아니니 그렇게까지 싸 짊어지고 갈 필요는 없다 이거다.

"그래도 갑자기 필요하면 어떻게 해."

짐을 싸던 모용운지의 손이 갑자기 느려진다.

그녀도 불안하고 걱정돼서 그러는 걸 알기에 진유청이 슬쩍 눈치를 보더니…….

"나간 김에 청아루에도 들를까요?"

모용운지의 눈이 커진다.

"청아루에?"

"네. 저번에 형수님이 형님을 어디서 세 번째로 만났는지 얘기해 주시지 않았습니까? 이모님이 거기 계시다면서요? 형수님의 안부도 전하고, 혹시 서신 같은 걸 주시면 받아 오겠습니다."

"그래도 나 때문에 그렇게 먼 길을 돌아오면 안 돼. 아버님과 진 공자님이 걱정하실 거야."

"그쪽으로 가면, 들를게요. 아니면 그냥 돌아오고요."

진유청의 말에 그의 따스한 마음이 고마운 모용운지가 환하게 웃었다.

"조심해서 다녀와야 해. 유청이가 없는 진가장은 진가장이 아니야. 아버님도 진 공자님도 그렇게 생각하시겠지만…… 나도…… 나도 그렇게 생각해."

"말썽 부리는 시동생이 없으면 좋지, 뭘 또 그러세요."

"농담 아니야!"

진유청은 모용운지의 눈가에 맺힌 눈물을 손끝으로 닦아 주며 대답했다.

"알겠습니다, 형수님. 그러니 저 없는 동안 우리 아버님과 형님, 잘 부탁드려요. 형수님이 계셔서 제가 이나마 마음 편히 떠날 수 있는 거니까요. 아셨지요?"

"그래……."

모용운지가 진유청에게 더 이상 걱정을 끼치지 않기 위해 억지로 웃어 보였다.

"그럼 다녀오겠습니다."

진유청이 인사를 한다.

"웅이와 자경이는 금오상단으로 바로 가라 얘기해 둘 테니, 거기서 만나도록 하고."

"네. 그럼 다들 잘 있어야 해요! 돌아와서 확인할 겁니다!"

진유청이 밝게 웃으며 손을 흔들더니, 몸을 돌려 다다닥 뛰어가기 시작했다.

그가 뒤도 돌아보지 않고 사라지자 진호철이 혀를 찬다.

"저 녀석은 예전에 무림학관에 갈 때도 저러더니만, 이번에도 그러는구나."

"그게 저 녀석의 인사인가 보지요."

돌아보는 약한 모습을 보이지 않고 뒷모습만 남기는 것.

지금이라면 몰라도 어찌 열 살 어린 나이 때부터 그런 생각을 했을까.

"잘 다녀오겠지요?"

진이현이 나직하게 중얼거리는 말에, 진호철이 고개를 끄덕였다.

"저 아이가 누구냐. 바로 내 아들이자 네 동생이 아니냐. 분명 상처 하나 없이 무사히 돌아올 것이다."

"그래야지요."

진이현이 진지한 어조로 대답했다.

"이만 들어가자꾸나."

진호철이 진이현과 다른 식솔들을 데리고 안으로 들어간다.

진이현은 유청이완 다르게 고개를 돌려 동생이 흐릿하게 멀어진 길을 몇 번이나 바라봤다.

"잘 다녀오너라."

그렇지 않다면, 유청이에게 무슨 일이 생긴다면, 진이현은 자신도 자신이 어떻게 행동할지 확신할 수 없었다.

저 아이는 진가장의 꿈이었으니까.

열일곱 살, 진유청이 웅크리고 있던 기지개를 켜고 강호로 나아간다.

그가 뿌린 씨앗이 싱그러운 초록빛 싹을 틔운 채, 그를 기다리고 있었다.

〈『귀환! 진유청!』 제7권에서 계속〉

귀환! 진유청!

1판 1쇄 찍음 2011년 3월 7일
1판 1쇄 펴냄 2011년 3월 9일

지은이 | 로 토
펴낸이 | 정 필
펴낸곳 | 도서출판 **뿔미디어**

기획 | 이주현
편집책임 | 장상수
편집 | 이재권, 심재영, 조주영, 주종숙, 이진선
관리, 영업 | 김기환, 김미영

본문, 표지 인쇄 | 광문인쇄소
제본 | 성보제책사

출판등록 | 2002년 9월 11일 (제1081-1-132호)
주소 | 부천시 원미구 상3동 533-3 아트프라자 503호 (우)420-861
전화 | 032)651-6513 / 팩스 032)651-6094
E-mail | BBULMEDIA@paran.com
홈페이지 | www.bbulmedia.com

값 8,000원

ISBN 978-89-6359-936-6 04810
ISBN 978-89-6359-513-9 04810 (세트)

※파본은 본사나 구입하신 서점에서 교환하여 드립니다.